STAMP BOOKS

森のユキヒョウ

C.C. ハリントン 作

中野怜奈 訳

岩波書店

吃音（きつおん）のあるすべての子どもたちへ。
動物にかわって話し、
木のために声をあげる人たちへ。

WILDOAK
by C. C. Harrington

First published 2022 by Scholastic Inc., New York.

This Japanese edition published 2025
by Iwanami Shoten, Publishers, Tokyo
by arrangement with Curtis Brown Ltd., New York
through Japan UNI Agency, Inc., Tokyo.

目次

カバー・挿絵　ダイアナ・スディカ

理解しなければ、心を寄せることはできません。
心を寄せなければ、助けることはできません。
わたしたちが理解し、思いやり、手をさしのべてはじめて、
救われるものがあるのです。

『ジェーン・グドール――ゴンベでの四十年』より

森のユキヒョウ

プロローグ

ワイルドオークの森は静けさに満ちていた。かすかな物音がときおり聞こえるほかは、あたりはひっそりとしている。霜のおりたクモの巣が、薄明かりの中きらきらとかがやき、やわらかな雪が音もなくふりつもる。アナグマたちは巣穴のおくで、体を寄せあった。黒々と浮かびあがる枝の間を、幽霊のように飛ぶのはモリフクロウだ。ふったばかりの雪の下には、豊かな大地がひろがり、歳をかさねた木々は、地中に深くめぐらせた根を通して、たがいに言葉をかわしている。

これまでここで起きたことがなく、けして起こりえないようなできごとが、いま、この森で起きようとしていた。

雪が舞うなか、大きな車がヘッドライトで道を照らしながら、ゆっくりと近づいてくる。車が止まって、中から男が出てきた。こおった道で、男の革靴がすべる。高い木々を見て、男はうなずいた。

「よし、ここならいいだろう」

白い息はふっと、空気にとけて見えなくなった。男は懐中電灯をつけて、車のバックドアを開けた。それから、荷室においてあった檻のとびらも開けた。

檻の中にいたのは、こんなところにいるはずのない生きものだった。

1

一九六三年二月――イギリス　ロンドン

マギーは、鉛筆の先を指におしつけた。芯が十分とがっていることをたしかめる。おなかがからっぽになって、ひくひく動いているみたいに感じる。いや、おなかだけでなく、足や、体のほかの部分もふるえている。親指と人さし指で、黄色い鉛筆をつまんだ。くるくるまわしたり、それで机をたたいてみたりした。

ここからぬけだす道は、ほかにはない。

ヒラリー・ミューアの番がきた。ヒラリーは三十二ページ、二段落目の四行目から読みはじめた。きびきびと読みすすめる明るい声が、音楽のようにあふれだす。

マギーはくちびるをかんだ。つまらずに最初の行を読めたら、その先もすっと出てくるかもしれない。そうしたら、この鉛筆をはなせる。

でも、それはできない。

言葉が出てこないのはわかっている。つっかえるに決まっている。簡単に言える言葉もあるのに、急に出てこなくなる言葉もあって、そうすると声がつまってしまう。口を開けたまま頭をふり、まばたきをくりかえすマギーの姿を、ここにいる全員が見るだろう。

そして、どっと笑うのだ。

ぎゅっと目をとじる。みんながマギーを指さし、口を開け笑っていた、いつかの場面が頭に浮かんだ。もう、あんなことにはたえられない。そのあとは、きっとまた、学校を追いだされる。

目を開けて教室を見まわすと、窓もドアも閉まっている。飾り気のないクリーム色の壁には、ガタガタと鳴る古いヒーターがとりつけてあった。教室の中は暑く、空気がよどんでいる。右どなりの席のルイーザ・ウォーカーは、ヒラリーが読んでいる箇所に定規をあてながら、目で追っている。ちゃんと話したことはないけど、ルイーザはたぶん笑わないんじゃないかな。今回はまえとはちがうかもしれない、と自分に言い聞かせる。ルイーザは親切そうに見える。きっとニコラ・ロビンソンだってそうだ。ニコラはやさしい子だし、そういう人もたくさんいるはずだから。

ヒラリーの声が止まった。だれかの靴が床をこする音や、ページをめくる音がする。

「ヒラリー、ありがとう。とても上手に読めましたね。つぎはマーガレット・スティーブンズに読んでもらいましょう。三十四ページのいちばん下から」

はるか遠くで話しているみたいに、ブライアント先生の声がくぐもって聞こえた。

「マーガレット？」

先生がまた、マギーの名を呼ぶ。

だれかが笑いをこらえているのが聞こえた。マギーはまだなにも言ってないのに、もう笑っている。ウールのセーターが首をしめつける。

「マーガレット、聞こえましたか？」

マギーは目の前の文字の列を見つめた。とがったり、くるっと丸まったりした字は、まるで釣り針のようだ。先生の問いかけが宙に浮く。みんながマギーを見ている。マギーが読みはじめるのを待っている。逃げ道はない。心臓がはげしく打っている。マギーは鉛筆をにぎりしめた。いまだ！

とがった鉛筆の先を

いきおいよく

左の手のひらに

ふりおろす

はげしい痛みに、うっと声をもらした。熱い涙が頬にこぼれる。マギーはふらふらと立ちあがって、左手をあげた。鉛筆のつきでた手のひらが、グロテスクで不気味だった。ふるえながら立っているあいだ、傷口から流れた血が、ポタポタと床にたれた。

「マーガレット！　だいじょうぶ？　いったいなにが起きたの？　早く保健室に行ってらっしゃい！」

おどろいたり、ぞっとしたりしているクラスメイトたちの顔を見ないようにしながら、マギーは急いで教室を出た。もう、だれも笑っていない。右手で左手を支えながら走りつづける。サウサン小学校の廊下に、足音がひびいた。ほっとした気持ちが、手の痛みよりも強く胸におしよせた。

保健室にいる看護師のノラは、背の高い、太ったおばさんだ。目が細く、紺色の制服を着て、ぱりっとした白い帽子をかぶっている。ノラは、部屋のおくからのそのそと近づいてきた。

「また、あなたですか！　今度はどうしたの？」

マギーは下をむいて、手をさしだした。

「いったいなんでこんなことに？　だまってないで、なんとか言いなさい！」

マギーは顔を上げなかった。マギーが保健室に行くためにすることは、どんどんひどくなっている。説明してもむだだろう。この人がわかってくれるはずがない。

ノラは大きなため息をついた。

「三週間で六回も保健室に来るなんて、ふつうじゃないわね。もうすぐ十二歳だっていうのに、こんなにけがばかりして」

マギーはだまったままだ。

ノラがじろっとにらむ。マギーはぐっとつばを飲んだ。これ以上我慢できないほど、手がずきずきと痛む。

「まったくもう、まただんまりですか」

マギーは靴の先を見つめた。靴は磨いてこなかったし、つまさきがすりへっていて、みすぼらしく見える。なめらかに話せないのはマギーのせいではないのに、どうしてわかってもらえないのだろう。もっと努力するとか、息を深く吸うとか、そういうことで話せるようになるわけではない。どうしても言葉がつかえてしまい、それはマギーにはどうにもできない。するっと出てくる言葉もときどきあるけど、そうでないものもたくさんある。

急に部屋が小さくなって、きゅうくつな感じがした。マギーはドアを見た。

マギーの視線に気づいたノラが、椅子を指さす。

「すわりなさい。しばらくここにいてもらいますからね」

マギーは、ノラが戸棚をあさって、ヨードチンキの大きなびんと脱脂綿を出すのを見ていた。びんの栓をぬくとき、ポンッという高い音がした。真っ白な綿が、濃い黄色の液体に染まっていく。

「痛いですよ」

マギーはノラの顔を見た。細い目の上に、あわいブルーのアイシャドーを塗っている。ひどい看護師だと、マギーは思った。この人の前で気持ちが安らいだことは一度もない。いますぐ手をひっこめて、家に帰りたい。

ノラはマギーの手首をつかみ、太い指で鉛筆をにぎった。鉛筆を引っぱると、ずるっとぬけた。傷口から血があふれだす。すかさず、ヨードチンキにひたした脱脂綿をおし当てる。燃えるような痛みが腕をつらぬく。マギーはさけびそうになるのを必死にこらえた。

「あなたがこの学校に来たときから、問題のある子だと思っていたわ」

ノラは、アイシャドーを塗ったまぶたをぴくぴくさせ、なにやら考えこんでいる顔をして言った。

「あなた、声を出さないでしょ。運動場で一人ぽつんとすわってるのを見たことがあるけど、そばに来てくれる子がいても、話そうとしないんだから。そんなのはふつうじゃないし、まちがってるわ」

マギーが逃げださないよう、傷ついてないほうの手に、ノラが力をくわえる。マギーは気分が悪くなってきた。銃弾みたいに飛んでくる言葉が、耳に入らないようにする。ノラはそのまま話しつづけた。

「いまは、あなたみたいな子を治療する施設があるみたいね。ロンドンの東のほうには、障がいのある子のための特別な病院があって、評判もいいのよ」

ノラは金属のトレイに手をのばした。トレイには何本かの針と、深緑色の糸がのっている。

「グランビルというところなんですけどね、ご両親にも話してみましょう」

マギーは体をふるわせた。グランビルのうわさは聞いたことがある。もう何か月もまえ、トム・ベイカーという子が、足を引きずって歩いていたためにグランビルに送られた。そのあと見かけたトムのお母さんは真っ赤な目をして、涙を浮かべていたし、トムのお見舞いに行った子が言うには、泣いた子どもが戸棚の中にとじこめられたり、ベッドにしばりつけられたりしていたそうだ。グランビルの先生たちは、親にはいい顔をするものの、実のところはほんとうにひどい場所らしい。食べものも十分にもらえなくて、おなかをすかせた子どもたちが、雑草や歯磨き粉まで食べていたというのだから。

ノラがせきばらいした。針がトレイのはしに当たって、かすかな金属音をたてる。ノラは親指と人さし指で針をつまんだ。針に糸を通しながら話しつづける。

「ちゃんとした子たちの中に、あなたみたいな子がいるのはよくないの。クラスがめちゃくちゃになってしまうでしょう？ 今回はさすがにゆるされないでしょうね」

マギーは顔をそむけて、窓の外を見た。ノラの言葉に傷ついたと思われたくない。胸の痛みは、手の傷よりもひどかった。

「いいわね、動かないのよ」

ノラはマギーの手をつかむと、針を持ちあげた。マギーは、傷ついてないほうの手をにぎりしめた。傷を縫(ぬ)ってもらうのははじめてだ。外では雨がふっている。マギーは、水滴(すいてき)がよごれた窓ガラスをつたって流れていくのを見つめた。心の底からさけびたいような、はげしい感情がまたわきあがってくる。みんなと同じように、つっかえずに話したい。言いたいことを声にしてみんなに聞いてほしいし、理解してもらいたい。

マギーの手のひらに、針が刺(さ)さった。

2

雄のユキヒョウの子が、ゆっくりと後ずさった。身をかがめながら、檻のすみにおしりをつける。体のわりに前足が大きく、動きがぎこちない。こっそり獲物に近づけるようになるには、もうしばらくかかるだろう。ふさふさした長いしっぽが左右にゆれる。ユキヒョウの子は耳をねかせた。いまから、すばらしい攻撃をしかけるのだ。さらにちょっと後ろに下がり、体を丸めてから、一気にのばす。

ヒューッ！

ふわふわのかたまりは、スロープのてっぺんにいる雌めがけて飛びだしたものの、みごとに的をはずした。頭がスロープにぶつかる、ゴンッという音。足をバタバタさせながら、ぶざまな姿で落ちていく。床に転がり落ちても、前足は宙をたたいていた。

首尾よく攻撃をかわした雌は、登り棒の上に避難した。ほっそりした体つきの雌はすばしっこい。ぶちのある銀色の毛皮が動く様は、まるで水面に波紋がひろがるようだ。兄さんを見下ろして、満足そうに、明るいブルーの目がかがやく。

雄のユキヒョウが立ちあがった。長いしっぽの毛はいつも、感電したみたいに逆立っている。

コツ……コツ……コツ……。

二匹は人間たちのほうに顔をむけた。檻の前面には金網が張られている。たくさんの人が、金網のすきまに指や鼻をつっこんでのぞきこむ。こちらを見つめる目は、肉食動物と同じで、顔の正面についている。顔の両側についた草食動物の目ではない。雄は空気のにおいをかいで、ちょっと後ろを見た。それからむきなおると、ひもが巻かれた登り棒に爪を立てて、妹にむかっていった。雌はさらに上まで登っていく。しかし、そこに二匹分のスペースはないので、雌はさっと前足を出して、雄をたたき落とした。

人間たちは二匹を指さし、くすくす笑った。

あざやかなスカーフをつけた女が、檻に顔を寄せた。ぴんと張った金網を爪でたたく。

コツ……コツ……コツ……。

「かわいい子ね。ヒョウかピューマか……ねえ、どっちだと思う？」

「そうだな……。ぶちがあるから、チーターじゃないか？」

となりにいる男が、女にむかって答えた。

「銀色のチーターなんている？　チーターは黄色でしょ。ああ、ネコちゃん、こっちを見て！」

コツ……コツ……コツ……。

コツ……コツ……コツ……。

二人はしばらく檻の中を見ていた。鼻筋の通った男は、先の赤くなった鼻をすすると、ハンカチをとりだした。女が言った。

「たぶんヒョウね。あなたの妹が気にいりそうじゃない？　アラベラはヒョウ柄のコートをいっぱい持ってるから、この子のこともほしがるかもよ」

男は鼻をかんだ。

「冗談だろ。あんな小さなアパートで飼えるわけないよ」

「ねえ、これに決めちゃいましょうよ。三十歳っていう節目をちゃんと祝ってあげたいなら、明日の誕生日までに、いいプレゼントを見つけないと。アラベラのお友だちで、よくいっしょに、ナイツブリッジのすてきなお店でティータイムをすごすって子がいるじゃない。ほら、バイオレットとかなんとかいう子。その子は雌のライオンを飼ってるんですって。バイオレットのうちはたいして広くないって言ってたけど」

「アラベラは自分の世話も満足にできないんだぜ。それに、この動物は……」

男は大きな音をたてて、また鼻をかんだ。それからハンカチをたたんで、コートのポケットにしまった。

「これからもっと大きくなるだろうし」

「じゃあ、ほかにいいプレゼントがある？　ここのお店は全部見たのよ。女王さま御用達の高級デパートのハロッズで見つからなかったら、もうどうしようもないわ。アラベラだって、こんな子がうちにいれば、さびしくないでしょう？」

男は一瞬、目を細くして、檻の中をのぞきこんだ。鼻の穴がふくらむ。風邪はどんどん悪化しているし、店を見てまわるのにもつかれていた。

「たしかに、いいプレゼントかもしれないな……」

男はつぶやいた。時計を見てから、顔を上げる。

「わかったよ。こいつらのどっちかをアラベラにあげよう」

しかし、女はそのときにはもう、となりのアルマジロの檻の前にいた。男はふりかえって、さっきからそばをうろうろしている、緑色の制服を着た店員を呼んだ。

「そこにいる……ああ、きみだよ。これをもらいたいんだがね。いったいなんの動物か、見当もつかないんだが」

「ユキヒョウですよ。大型ネコ科動物です」

ぱりっとした上着のえりについたほこりをはらいながら、男の店員が言う。

「そうか。それを一匹もらおう。この住所に明日、配達してくれないか」

「問題ないと思いますが、確認しますね。ユキヒョウは、雄と雌のどちらになさいますか」

「どっちでもいいよ」

「承知しました。では、お客さまに書類のご記入をお願いしたいのと、また注意事項にも目を通していただきたいので、少々お時間ちょうだいできますでしょうか。そんなにかかりません」

「それはけっこう。この子たちに名前はついてるのかい?」

「お好きな名前になさってください。ここでは、やんちゃな雄はランパス、雌はロージーと呼んでおりましたが」

そう答えながらほほえんだ店員に、男は言った。

「なんだかバカげた名前だな」

店員はちょっとそっけない感じで、うなずいた。

「いま申しあげましたとおり、名前は変えていただいてかまいません。それでは、こちらへ」

男は女にむかってさけんだ。

「グロリア！　こっちに来てくれ。書類を書かなきゃならないんだ」

女は顔を上げて、急いでやってきた。


その数時間後、明かりの消えた店内で、ランパスとロージーは寄りそって寝ていた。客がいなくなり、一日が終わろうとしているのにも気づかず、二匹はぐっすり眠っていた。ランパスは夢を見ていた。ぎゅっと目をとじて、かすかに前足を動かしている。横向きに寝そべったロージーは、クリーム色のやわらかなおなかを見せて、鼻をランパスの体におしつけていた。後ろ足の上には、ふさふさしたしっぽが毛布のようにかかっている。たがいのぬくもりを感じると安心するのか、寝るときの二匹はいつもこんなふうだった。

突然、明るい光が檻の中を照らし、二匹はおどろいて目をさました。

白い手袋をつけた大きな手がのびてくる。ランパスは首筋をつかまれて、体が持ちあがるのを感じた。かすかな鳴き声をあげ、体をくねらせ、前足でまわりをたたく。そのとき左のわき腹に針が刺さった。そして、すべてが真っ暗になった。

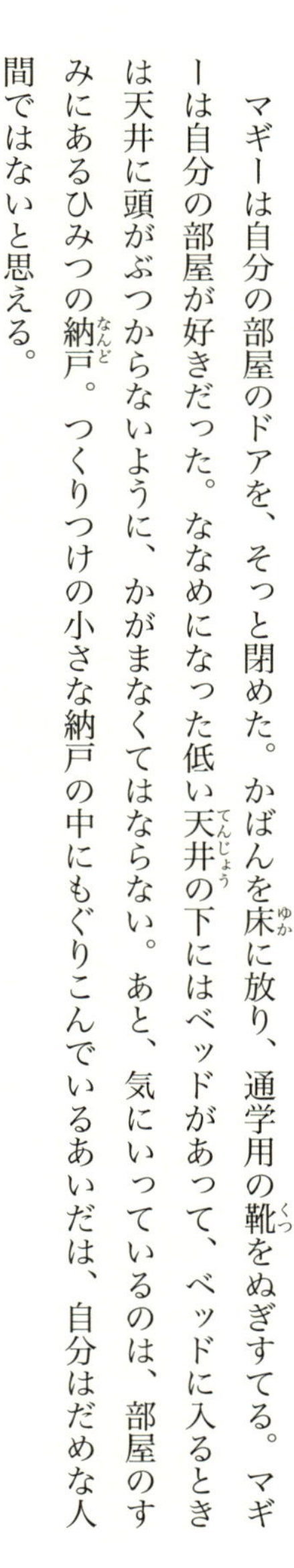

3

マギーは自分の部屋のドアを、そっと閉めた。かばんを床に放り、通学用の靴をぬぎすてる。マギーは自分の部屋が好きだった。ななめになった低い天井の下にはベッドがあって、ベッドに入るときは天井に頭がぶつからないように、かがまなくてはならない。あと、気にいっているのは、部屋のすみにあるひみつの納戸。つくりつけの小さな納戸の中にもぐりこんでいるあいだは、自分はだめな人間ではないと思える。

雪道を歩くあいだにぬれてしまったウールの靴下をぬいだ。はだしになって歩くと、床板が冷たくて、いつもの感じにほっとした。

けがをしてないほうの手で、納戸の掛け金をはずす。納戸の中までさしこんだ陽の光と、むきだしの垂木がストライプの影をつくっている。

中に入ったマギーは、足を組んですわった。立ちあがると、頭がぶつかってしまうから。納戸の内側はペンキが塗られていなくて、ざらざらした壁がむきだしになっている。マツの木でできた棚が一列あり、少しかたむいた棚板の上には箱や、びんや、きれいに重ねた新聞紙がならんでいる。棚のはしにはまな板とナイフがおいてあって、ニンジンのかけらや、薄く切ったレーズンが散らばっていた。

「みんな、ただいま。ウェリントンはどこにいるのかな」

ささやくような声で言いながら、棚（たな）から靴（くつ）の箱をおろし、ひざにのせる。箱の側面には、窓の穴が開けてあり、ちゃんと閉まらないドアも出入り口としてついている。中には、やぶいた新聞紙と、わらでできた巣が入っていた。ちょっと巣をつついたら、茶色のネズミが顔を出した。ネズミはひげをぴくぴくさせている。

「ウェリントンはここにいたのね。今日はなにをしていたの？　わたしはいろんなことがあったよ」

マギーはちょっとだまってから、言葉をつづけた。

「いいことがあったわけじゃなくてね、今日はすごく大変だったんだ」

ネズミが頭をふると、耳の後ろについていた、わらのかけらが落ちた。それから後ろ足で立って、マギーの話をじっと聞いているかのように、首をかしげた。

おぼえているかぎり、マギーはずっとこんなふうだった。父さんと母さんに連れられて、はじめてロンドン動物園に行ったときもそうだ。そのときは、檻（おり）の中にいたトラが、マギーのそばに寄ってきた。金をおびた琥珀色（こはくいろ）の目をのぞきこめるくらい、すぐ近くまでやってきた。心臓がはげしく打つのを感じながら、マギーは小さな声で言った。

「わたしに言いたいことがあるのね。でも、それを言葉にできないんでしょ？」

あのときマギーは考える間もなく、大きなネコ科の動物に話しかけていた。まったくつかえることなく、言葉が口からあふれだした。それを見て、父さんたちはおどろいていた。

人と話すときには言葉が出てこないのに、動物に対してはなめらかに話せる。理由はわからないけど、なぜかいつもそうなのだ。

ネズミは目をぱちくりさせた。手で顔をこすって、マギーのひざに飛びのる。

「たっぷり昼寝したあとだから、元気なんだねえ」

すべすべした茶色の背中を、指でなでた。小さな体はやわらかく、あたたかい。包帯を巻いた手で、ネズミを持ちあげる。

「よしよし、ちょっと待ってて。まずはいつもどおり、みんなにあいさつしなきゃ。ああ、ウェリントンに会いたかった！　学校にいるときはいつもそうなんだけど、今日はとくにそう思ってたよ」

ウェリントンを下において、棚の上の小さなジャムのびんに、手をのばした。銀色のふたには、ナイフでぽつぽつ穴を開けてある。かすかな音をたてて、ふたがひらく。びんの内側にはカタツムリが二匹はりついていて、そのうち一匹は、ちょっとしなびたキュウリを食べていた。カタツムリの名前は、スピットファイアとハリケーン。どちらも、第二次世界大戦で使われたイギリスの戦闘機の名前だ。

「スピットファイアもハリケーンも元気だった？　もうちょっと湿り気があったほうがいいみたいね」

あとで指ぬき一杯分の水をかけてあげよう、と頭の中でメモしながら、マギーはつづけた。

「まだ寒くて、外に出してあげられないけど、すぐにあたたかくなるよ。そうだといいなって、わたしは思ってるんだけど」

カタツムリは静かでおとなしい。触角の先にある目が動いて、あたりをさぐるようすはふしぎに満ちている。人のことを決めつけて批判したり、なにかを無理にさせたりしない。カタツムリの殻にはほれぼれする。深い茶色の渦巻きに、明るいキャラメル色とこげ茶色という、異なる色合いの斑点がかがやく。一匹の殻は右巻きで、もう一匹は左巻きだ。

マギーはびんのふたをしめると、すっと横にずれて、ほこりをかぶったレンガを持ちあげた。

「みんなそろってる?」

ダンゴムシが四匹、あわててちょこちょこ動きだし、マギーの手のひらにぶつかった。手の上をあちこち動きまわるダンゴムシたちの、小さな灰色の脚や触角がくすぐったい。

「リンゴ、気をつけて……」

ダンゴムシの名前は、人気バンドのビートルズのメンバーにちなんでつけた。

「ジョージ、ポール、あんまり、はしに行かないで。あ、あぶない!」

二匹が床に落ちた。その瞬間、丸まって、小さな硬い殻のボールになった。

「ごめんね。痛くなかった? 包帯を巻いてるから、手がうまく動かないんだ」

マギーはダンゴムシをつぶさないように、やさしくつまんだ。そして看護師に刺された針の記憶を頭からしめだし、そっと言った。

「ねえ、みんな、おなかがすいてるんじゃない?」

手のひらにのせた四匹を、レンガのそばにもどしてやり、きざんだニンジンをそばにおく。

「はい、どうぞ。これ食べてみて」

それからマギーはちょっと下がって、顔をかたむけて上を見た。ななめになった天井から、大きな茶色いクモがひっそりとぶらさがっている。

「シャーロットは今日、なにをしたのかな」

『シャーロットのおくりもの』はかしこいクモの出てくる話で、もう何年ものあいだ、マギーのお気にいりの本だった。だから、バスルームの洗面台でこのクモを見つけたとき、マギーは迷わず、シャーロットという名前をつけた。せまい納戸の中で、どうにかこうにかして、シャーロットはダンゴムシたちに近づけないようにしている。なにしろシャーロットはクモなのだし、ダンゴムシたち

になにかあったら大変だから。

最後にマギーはひざ立ちになって、納戸のすみに体をむけた。そこで大きく場所をとっているのは、古びた木の鳥かごで、中には、けがをしたコキジバトがいる。マギーは掛け金をはずし、傷ついてないほうの手をかごに入れた。ハトは手首にぴょんととまった。小枝のように細く、するどいかぎ爪が肌にくいこむ。このハトは数週間まえ、牛乳屋さんの車にぶつかって、つばさをひどく傷めてしまったのだ。

「フルート、お待たせ。ぐあいはどう？」

つばさに巻いた包帯をマギーが直すあいだ、暗いオレンジ色の目がせわしなく、右に左に動く。マギーはにっこりした。

「ほら、わたしも包帯をつけたんだよ。フルートとおそろいだね。納戸から出て、窓の外でものぞいてみる？」

そう言ったとき、バンッという音がした。納戸がかすかにふるえて、マギーは身をかたくした。

「父さんたちが帰ってきたみたい」

手首にフルートをのせたまま、後ろへ下がって納戸のとびらに耳をつける。すると、下の階から父さんと母さんの声が聞こえてきた。父さんがどなっている。

「イーブリン、いいかげん現実を見ろ！　あの子には治療が必要なんだ。さっき、校長と看護師に言われただろう。今後はマギーを来させないでほしい、話はこれで終わりだとさ。三つも学校をためして、どれもだめだったなんて。二年間で三校だぞ。手に負えんよ。もう我慢の限界だ。おい、聞いてるのか？　マーガレットはグランビルに行かせる。あの子にはそれがいいんだから」

母さんがつぶやくように、なにか言った。声が小さすぎて、マギーの耳にはとどかない。マギーは耳をそばだてた。

「そんなのはただのうわさじゃないか！　トム・ベイカーが泣いて、なぐられただって？　バカ言うなよ。こういうことについては、あの看護師はプロなんだから、まちがっているわけないだろう。うちもそろそろ、やり方を変えたほうがいい。今度ばかりはきみも口を出すな」

「ヴィンス、落ちついて！」

母さんが声を張りあげた。マギーはぴたりと動きを止めた。

「お願いだから、わたしの話を少し聞いてちょうだい！　いま、いいことを思いついたのよ。あなたにもちゃんと考えてほしいの」

母さんの声の調子が、またやわらかくなった。マギーの手首にとまったフルートが、傷ついてないほうのつばさの羽毛を逆立てる。マギーは静かに言った。

「わたし、これからどうなるんだろう」

フルートをなでるあいだ、指先はふるえていた。マギーはずいぶん長いこと、納戸の中でじっとしていた。階下から聞こえてくる両親の声がくぐもって、なにを話しているのか、まったくわからなくなったあとも、しばらくずっとそのままでいた。

4

首輪はしっくりこなかった。すごく変な感じがする。ランパスは檻の中にすわっていた。後ろ足で首輪をひっかいて、とろうとする。カッ……カッ……。首輪はずれない。首にまとわりつくのがうっとうしい。爪をのばして、もう一度ひっかく。カッ……カッ……。しかし、じゃまな首輪はそのままだ。あごの下で金属の名札がカチャカチャと鳴った。

車が急にゆれた。ランパスは檻の側面にぶつかったあと、横にずずっとすべった。檻の側面には、細い木の板が少しずつすきまをあけて打ちつけられていた。檻はバンの荷室に入れられている。まわりのものがゆれる。ランパスもゆれる。いったいどこへむかっているのだろう。ロージーはどこに行ったのだろう。

ランパスはあたりのにおいをかいだ。排気ガスのにおいしかしない。ほかのにおいをさぐってみる。そうしたら、人間とアスファルトとスモッグのにおいがした。道路からは、いろんな音が聞こえてくる。エンジン、クラクション、車のタイヤが回転する音……。

車が速度をゆるめた。角を曲がってから、もうひとつ角を曲がる。ランパスは檻のはしからはしまですべった。だんだん気分が悪くなってくる。運転手がギアを切りかえた。車はさらに速度を落とし、そのあとでようやく止まった。くぐもった声がして、ドアが開いて、それから閉まる。やわらかな雪に足がしずむ音、ぬかるみを歩く音がつづく。荷室のドアが開いた。早朝の光が、木の板のすきまから入ってくる。冷たい風が吹きつけた。体じゅうの感覚がうずく。檻がかたむいた。ランパスはたおれないように、木の床に爪をくいこませた。

二人の男が、荷室から出した檻を、こおった道にそっとおろした。ランパスは落ちつかず、檻の中をぐるぐる歩きまわった。檻のすきまに顔をつけて、外をのぞいてみる。

そこは、長く広い通りのつきあたりだった。白い建物が両側にならんでいる。どの建物も玄関前にしゃれた階段があり、それは柱のそびえたつ、ぴかぴかのとびらにつづいていた。

運転手がインターホンを鳴らすと、ベルのような音がした。ランパスは檻の中を行ったり来たりした。

「おはようございます。こちらはアラベラ・ペニーワースさんのお宅ですか」

「そうですけど」

「ハロッズのペット・キングダムからお届けものです」

「ほんとうに？　うちでまちがいありませんか」

「はい」

「あら……。なにが来たのかしら」

ランパスは歩くのをやめた。耳を前にたおす。カサカサという紙の音がして、そのあとでまた、人の声がした。

「誕生日の贈りものです。ペニーワースご夫妻からですね」

「まあ、スタンリーとグロリアね！　兄夫婦からだわ。いまコートを着ておりていくから、ちょっと待ってて」

ランパスはぱっと歩きだした。ここはせまい。早く外に出たい。運転手がしゃがんで、ランパスをじっと見た。

「だいじょうぶだよ。ここがおまえの新しい家だ。なあ、元気でいるんだぞ」

安心させようとしてくれているのは、声の感じでわかった。けれど、不安な気持ちは消えない。それで、前足で檻をたたいた。

「おい、よせ。新しい飼い主はすぐに来るよ」

蝶番がゆれて、ドアが開いた。ハイヒールをはいた足が、こおった階段をおりてくる。カツカツという足音と、ヒールが氷の上ですべる音がした。ランパスは動きを止め、木の板のすきまに鼻をおしつけた。ふたたび人声がして、そのあとしばらく沈黙がつづいた。

だれも、なにも言わない。

「プレゼントってこれ?」

「はい、こちらのユキヒョウです」

また沈黙が流れる。

「どうやって世話したらいいのかしら」

「まず、こちらにサインを。それから書類をおわたしします。そこに細かい注意書きがあるので、いっしょに確認していきましょう」

「いいわ。なんていうか、すごく……斬新な贈りものね」

三人の足が、ランパスの目にうつる。よくみがかれた黒い靴が、緑色のズボンの下からのぞいている。ぴかぴかのハイヒールと、運転手のはいている古いブーツも見える。話し声とともに、紙がカサカサと音をたてる。

檻の前で女がひざをついた。顔が少しだけ見える。冷たい空気の中、吐く息が白い。かすかに花の香りがするけど、自然のにおいではなく、ランパスは気分が悪くなった。ぎゅっと目をとじて、鼻にしわを寄せる。それからくしゃみをひとつした。

「なんてかわいいんでしょう！　百年に一度かっていう大雪の日に、兄さんが贈ってきたのがユキヒョウだなんて、最高ね」

女の目のまわりは黒くふちどられている。まつげは濃く、長い。明るく楽しそうな声で笑う女を、ランパスはまじまじと見た。女は運転手に言った。

「上まではこんでくださる？」

そのあとしばらくして、ランパスはますます困惑することになった。それに、おなかもすいていた。ランパスがいまいる部屋は、ペット・キングダムで入れられていた檻よりだいぶ大きい。しかし、ランパスは小さな檻から出してもらえない。人間たちがようやく話を終えたあと、ランパスは檻ごとはげしくゆられ、階段をたくさんあがって、ここにたどりついたのだった。

ランパスはいらいらして、檻をひっかいたり、木の床に爪を立てたりした。朝食の時間はすぎている。大事なことをわすれていると、むかむかする花のにおいの人に気づかせないといけない。

そのとき電話が鳴った。

ランパスは檻にかみついた。

しかし、女はこちらを気にする気配もなく、ぺちゃくちゃと話しだした。

「もしもし……ああ、スタンリー、いま届いたところよ。どうもありがとう……ええ、すごくびっくりした……もちろん、うれしかったわよ！　楽しいプレゼントね……いえ、まだ檻に入れてるけど、そろそろ出そうと思っていたところ。ハロッズの人はとても親切で、全部説明してくれたから、心配しないで。エサとかいろいろ……そう、散歩についても言ってた。リードもちゃんと入ってたし……そうそう、きれいな首輪もね！　わたしの好きなブルーで、きらきらしていてすてきだったわ！　あとで公園に連れていこうかと……ええと、今晩はメアリーがわたしのためにカクテルパーティーをひらいてくれることになっていて……ちゃんと檻に入れておくからだいじょうぶ……そうなんだけど、この檻は見栄えがね……もっと犬小屋みたいなのはないかしら。なんていうか、もう少し……おしゃれなほうがよかったかな……わかった。来週、寄るわね。ほんとにすてきなプレゼントをありがとう。グロリアにもよろしく……そうね。わたしたち、うまくやれそう。この子、とってもかわいいの。じゃあ、また」

ランパスは檻（おり）に体当たりした。

すぐに女がやってきて、檻の前にひざをついた。

「どうしたの。ちょっと落ちついて。そんなにあばれるなら、外に出してあげないわよ」

かんぬきのはずれる音がした。ランパスはその場でぴたりと動きを止めた。しっぽだけが左右にゆれている。

檻（おり）のとびらが開いた。ランパスは注意深く外に出た。

部屋の中を見まわしたランパスはとまどった。こんなにたくさん家具がおいてあったり、大きな窓があったりする場所は見たことがない。ふかふかしたカーペットを、ギュッギュッとふんでみる。

店員がわたした書類を、女はぱらぱらめくった。

「あなたの名前は……ランパスですって？　もっとちがう名前のほうがいいと思わない？　たとえば……レオポルドはどう？　ユキヒョウはスノーレオパードともいうから。レオパードのレオポルドなんて、すてきじゃない？」

ランパスにむかって、手招きしながら話しつづける。

「おいで、レオポルド。台所に行きましょう。さっきの人に言われたものを用意するわね。そのあとは散歩よ」

ランパスは警戒しつつ、ついていった。ふわふわの長いしっぽが、パタパタとゆれる。心ひかれるにおいがあふれていて圧倒されたけど、中でもとくに強烈なのは生肉のにおいだった。

女は大きな包みをひらいた。

「このミートボールはなんだか……血なまぐさい感じね」

戸棚の前をそわそわ、行ったり来たりしていたランパスは、爪でタイルをひっかいた。女が床においた皿に、ピンク色のひき肉を丸めたものをのせていく。

「かわいいネコちゃんには、ごちそうをあげましょうね」

女はランパスをなでようと身をのりだしたが、ふれようとした瞬間気が変わり、さっと手をひっこめた。

ランパスはとてもおなかがすいていたので、がつがつ食べはじめた。ふた口で平らげたあと、あざやかなピンクの舌で、白くかがやく歯をなめる。ロージーがまだ食べおえてなかったら、ひと口もらおうか……。そう思って横をむいたところで、はっとした。ロージーはいないのだ。ランパスはそっと鳴いて、ロージーを呼んだ。

「どうしたの、レオポルド……うーん、なんかしっくりこないわねえ」

女が首をかしげて言う。

「あなたには、もっといい名前があるはずよ。そうだわ、いまは寒いスノーシーズンで、あなたはユキヒョウだから、スノーウィーはどう？　スノーウィーはまだおなかがすいているのかなあ。それで、さっきから鳴いているのかしら」

女はかがんで、皿をとった。

「一回の食事につきミートボール四個と言われたけど、三個で十分だと思うわ。いまから散歩に行くわよ。そうしたら、あなたも元気が出るんじゃない？　この近くに、ハイドパークという大きな公園があるの。そこに行ってから、ココアでも飲みましょう」

ランパスはよくわからなかったけれど、なんとか理解しようとして、女を見つめた。

5

小さな客間で、マギーはパジャマを着たまま、せまいソファーにすわっていた。そばの暖炉では石炭が燃えている。きのうの夜、父さんと母さんが言いあらそっていたことは、ところどころ耳にのこっている。爪をかまないようにしながら、マギーはぐるぐると考えていた。サウサン小学校にはもう行きたくない。先生たちだって、マギーに来てほしくないと思っている。だけど、グランビルに行かされるのも困る。グランビルはほんとうにおそろしい場所のようだから……。

「イーブリン、まだ台所にいるのか？　早くこっちに来てくれ！」

マギーのとなりで父さんがさけんだ。つかれて、いらいらしているようだ。暖炉の前に立った父さんは、ネクタイを直した。いつもまっすぐなのだから直す必要などないのに。父さんは毎日かならず、たとえ休みの日であっても、ネクタイをしている。

母さんがギンガムチェックのエプロンで手をふきながら、急いでやってきた。マギーのとなりにこしかけて、そっと言う。

「マギー、おはよう」

父さんがマギーにむかって話しはじめた。

「母さんと父さんは、おまえの学校について話しあった」

マギーは母さんの手をとった。自分のルームシューズを見たまま、息をつめて、つぎの言葉を待つ。

「おまえもわかっているだろうが、サウサン小学校のブース校長からついに言われたよ。おまえには、学校に来てほしくないと」

「でででもっ……」

ああ、もう、どうして言葉が出てこないのだろう。

「グッグッ……」

前に後ろに、前に後ろに、頭が何度もぐっともっていかれる。

「グランビルか？　グランビルには行きたくないと言いたいのか」

父さんがマギーの言葉を終わらせる。ようやく、のどのつかえがとれた。マギーは、手の包帯をとめている大きな銀色の安全ピンを見つめた。

こくりとうなずいたら、母さんがやさしく抱きしめてくれた。

「だいじょうぶよ。グランビルには行かなくていいからね」

「父さんと母さんは、おまえを何週間か、コーンウォールに行かせようと話していたんだ。コーンウォールには、おまえのおじいちゃんがいるからな」

マギーはおどろいて、父さんを見た。おじいちゃんのことはほとんどおぼえてない。母さんはときどき電話で話しているけど、マギーはもう何年も会っていなかった。父さんとおじいちゃんがはげしいけんかをしたからだ。理由ははっきりわからないが、たぶん戦争の話がきっかけで。父さんの机の上の小さなガラスケースには、ぴかぴかにみがいた英国空軍の勲章がおさまっている。父さんはけして、戦時中の話をしようとしないのだけれど。

「田舎の新鮮な空気にふれるのは、おまえにとっていいんじゃないかと、母さんは考えている。わたしはまあ、いちかばちかの賭けだと思っているんだがね……」

小さな部屋の中を歩きまわりながら、父さんは言葉をつづけた。

「だが、ためしてみてもいいだろうという結論に達した。コーンウォールから帰るまでに、おまえの吃音がよくなっていなかったら、そのときはグランビルで治療を受けさせるという条件で」

母さんがぱっと立ちあがって、父さんのほうをむいた。

「ヴィンセント、それはまだ決めてないでしょ。きのうの夜話したのは、マギーがコーンウォールにいるあいだに、ほかの学校をさがしてみるということだったわ。だってグランビルは……」

「イーブリン、その話はもういいだろう！　あそこでは子どもをしばりつけているだなんて、そんなのは、つまらんうわさ話だ。四十年まえならともかく、いまは一九六三年だぞ」

父さんがあごについたつばをぬぐう。

「やめて。ととと父さん、母さん……」

言いあらそう両親を止めたくて思わず立ちあがり、マギーはなんとか話そうとした。だけど、空気はのどを流れず、舌はスムーズに動かない。言葉が口から出てこない。もう一度話そうとした。何度も何度もやってみた。

「もういい。わかったから」

父さんはつかれた声で言うと、マギーの肩をぐっとおしてすわらせた。

「とにかく、わたしはそう決めたんだ。おまえの列車は明日、パディントン駅から出る。いまから荷造りをはじめなさい」

話を終えた父さんは、またネクタイを直した。それから部屋を出ていった。

マギーは母さんに抱きついて、あたたかなカーディガンに顔をうずめた。母さんはマギーをぎゅっと抱きしめかえしてくれた。

「心配しなくていいからね」と母さんは言ってくれたけれど、そんなふうには思えなかった。おじいちゃんのことはよく知らないし、そんなに長く家を離れたこともない。いろいろなことが急に決まってしまった。深く息を吸おうとしても、はあはあとあえいでしまう。

母さんがマギーの体を引きよせた。

「ねえ、マギー、あなたはわたしの父さんのところに行くのよ。きっとなかよくなれるわよ。それに、医者をやっている父さんが、田舎ですごすのはあなたにとっていいことだと言ってくれたの」

「ち、ちち、治療するの？」

母さんの顔をじっと見て、きいてみた。母さんはマギーの顔を手でつつんだ。

「いいえ。マギー、おぼえておいて。わたしはあなたを愛しているわ。あなたのすべてを愛しているの。きらきらした茶色の目も、あなたの世界の見方もね。思いやりにあふれていて、どんな生きものでも、だれにも好かれないような虫だって大切にするところもすてきよ。顔のそばかすとか、あと、前歯がちょっと欠けていたり、ひじやひざがぼこっとつきでていたり、どんなにきつくむすんでも、髪（かみ）がすぐにほつれてくるのなんかも好きだし、それから……」

マギーを見つめながら言葉をつなぐ。

「あなたの声が好きよ」

母さんはちょっとだまってから、手をおろした。

「母さんはね、あなたがいま、苦しんでいるのがつらいのよ。だから、治療（ちりょう）するということじゃなくて、ほかの道を見つけて前に進んでほしいの」

「あそ、あそこに、いい行かせるって。きっきっ吃音（きつおん）が治らなかったら、父さんは……。わたしは、いい行き、行きたくないのに。言って。と、とと父さんに、かっ母さんから」

「父さんと話してみるわ。少し時間をちょうだい。きっと、わかってくれるから。あなたにはそんなふうに見えないでしょうけど、父さんは父さんなりにあなたを助けようとしているんだと思うのよね」

その言葉を信じていいのか、マギーにはわからなかった。しかし、そうではないと考えるのは、とてもたえられない。父さんは、マギーをどこかにとじこめておいたほうがいいと思っている。きのうの夜だって、もう手に負えないと、はっきり言っていた。自分の子どもはこわれていて、きちんと動かない人間のように感じているにちがいない。

母さんがやさしく手をにぎってきて、熱をこめて言った。

「わたしの娘なら、ぜったいにだいじょうぶ。コーンウォールはいいところよ。なだらかな丘や、石造りの小さな村や、ひっそりと流れる小川があって。おぼえてないと思うけど、あなたが小さいころに連れていってあげたら、とても気にいってたわ。浜辺も近いし、海がまたすばらしいのよねえ！ああ、マギー、もうすぐ潮のにおいをかげるのよ！」

マギーは母さんをまじまじと見た。そんなのはなにひとつおぼえていない。マギーが知っているのは、コーンウォールはイギリスの西のはしにあり、母さんはそこで生まれたということと、とても遠いということだけだ。

「二階に行って、いっしょに荷造りをしましょうね」

マギーはぱっと、母さんの手をつかんだ。

「納戸にいるこっ子たちは、どうするの」

母さんはためらいながら言った。

「あなたのお父さんは、連れていくなんてぜったいにだめだって。でも、安心して行ってらっしゃい。エサやりなんかの世話は、わたしが全部やっておくから」

「あの……」

口が開いたまま、一瞬がすぎる。首をくっとうごかし、またこうなってしまったと思いながら、目のはしで母さんを見た。マギーののどをふさいだかたまりがとけるのを、母さんはじっと待っている。こんなとき、目をそらさない人は少ないけれど、マギーの母さんはそうだった。何秒かすぎてから、マギーは言葉をつづけた。

「あの、あの子たちをおいて、いい行けないよ。それに、おじい、おじいちゃんなんてよよよく知らないし。かっ母さんと離れたこっこともないのに」

「こうするのだって、父さんを納得させるのは大変だったの。うちを離れるのは、たった数週間のことじゃない。おじいちゃんは生きものがとても好きな人よ。あなたほどではないかもしれないけど、ほとんど同じくらいにね。向こうに行ったら、新しい友だちがすぐにできるわよ。母さんにはわかるわ」

母さんは立ちあがると、エプロンのしわをさっとのばした。必死にたのむような目をしている。いますぐ、ぐあいが悪くなって、コーンウォールに行かなくてすんだらいいのに。あの子たちがそばにいないなんて考えられない。頭の中で飛びまわる思いを声にしようとすることなく、マギーは母さんを見つめていた。それを言葉にするのはあまりにも大変だった。こういうとき、マギーはいつも思う。自分はずっとひとりぼっちのままなのだろうかと。

朝になったら、雪がふっていた。マギーは納戸の中にすわった。コーデュロイのズボンをはき、厚手の青いセーターの上からコートを着て、マフラーを巻き、ポンポンのついた赤い毛糸の帽子(ぼうし)をかぶって。ゆうべはあまり眠(ねむ)れなかった。マフラーの房飾(ふさかざ)りの中に、ウェリントンがもぐりこむ。チーズのかけらをあげると、かじりはじめた。頭をなでてやりながら、マギーは話しかけた。

「ウェリントンも知っていると思うけど、わたしは自分の気持ちを上手に話せないでしょ？　でも、いま、どんなふうに感じているか、わかってくれるよね。こんなふうにあなたをおいていくのはすごくつらいの」

少しだまったあとで、言葉をつづける。

「わたしがいないあいだ、うんといい子にしてるんだよ。母さんはネズミが好きじゃないって知ってるでしょ？　母さんはきっと、こんなふうになでてくれないと思うけど……。ぜったいに問題を起こさないようにしてね」

ネズミはまばたきをした。小さな黒い目がきらりと光る。いつものごとく耳を前にたおし、マギーが言わずにおれないことをすべて、じっと聞いているように見える。

マギーはウェリントンを持ちあげ、しぶしぶ、靴(くつ)の箱の中にもどした。

「かならずもどるから、心配しないで。いい子で待っていて。約束だよ」

そっとささやいてから、納戸(なんど)の反対側に少しずつ近づく。鳥かごを開けてもらえるのかと思って、コキジバトがぴょこぴょこ足踏(あしぶ)みをした。かごのとびらが開くと、ハトは首をかしげた。

「あなたは台所にいたほうがいいって、母さんが言うの。一階のほうがちょっとだけ、日当たりがいいし、目も行きとどくから」

傷ついてないほうのつばさにふれ、金属のような光沢のある羽を、指でそっとなでる。フルートはマギーを見つめ、頭をふって、それからかすかにクークー鳴いた。マギーはハトを肩にのせた。

「あと一週間か二週間したら、元気になって自然に帰れるよ。それとも、わたしが帰るまで待っていてくれる？」

マギーはぐっとつばを飲んだ。

「これでもう、会えなかったらいやだな……」

フルートを肩にのせたまま後ろに下がって、棚に手をのばす。そして銀色のふたの小さなジャムのびんを手にとると、鼻にふれるくらい近づけた。

「スピットファイアとハリケーンはおたがい助けあってね。あなたたちが寒い思いをしないといいんだけど。わたしが帰るころにはあたたかくなって、そしたらすぐに春が来るよ」

ほんとうは、みんなに、「じゃあ行ってくるね」と言いたかった。だけど、そのひとことがどうしても言えず、マギーはひざをおり、肩にフルート、ひざにウェリントンをのせて、棚の上でダンゴムシたちが転がるのをながめていた。

「離れたくないよ……」

シャーロットを見上げて、つぶやくように言う。

「みんなといっしょにいたいのに」

部屋の戸をそっとたたく音がして、「もう行く時間よ」という母さんの声が聞こえるまで、マギーはそこを動かなかった。

部屋を出て、階段をおりかけたとき、マギーは急に立ちどまった。くるっと後ろをむき、階段をかけあがりながら、母さんにむかって言う。

「わすれ……ものしたの。まっ待って」

6

ランパスが目をさましたとき、部屋は暗く、ひっそりしていた。台所の窓からさしこんだ月明かりが、ふぞろいな影をつくっている。ランパスは檻の中をぐるぐる歩きまわった。人間が十分なエサをくれなかったから、ランパスははらぺこだった。ランパスは檻のとびらをひっかいた。

すると、とびらがぱっと開いた。かんぬきがはずれていたのだ。

ビロードのカーペットの上を、忍び足で歩きだす。しっぽの先がパタパタとゆれる。ほとんど真っ暗な闇の中でも、ユキヒョウの目はよく見える。食べものをさがし、部屋から部屋へと、流れるようにうごく。台所はかんきつ類と洗剤のにおいがしたが、ごみ箱のまわりはちがった。銀色のふたのついた、丸型の大きなごみ箱は、ランパスの興味をひくにおいがする。ふちのあたりに、牛肉のにおいがのこっている。ランパスは耳をぴんと立てた。そのあと、ふたを落とそうとして、前足でたたいた。ふたがゆれる。もう片方の前足でもやってみた。つぎは床にすわり、グローブをはめたボクサーのように、ふかふかした両前足で交互にたたく。ごみ箱はぐらぐらとゆれはじめ、やがてたおれ、中身が床にぶちまけられた。

ランパスはおどろいて、さっと飛びのいた。しばらくそのまま、自分を攻撃(こうげき)するものがないかたしかめる。少しずつ前に出て、鼻の穴をひろげる。それから前足で、注意深くさぐった。残飯、包み紙、サーモンムースや食べかけのスコッチエッグの入った容器……。あたりの空気をかいでみると、奇妙(きみょう)なにおいがおしよせてきた。そして、マーマイトを塗(ぬ)ったパンのにおいにぶつかった。ランパスは動きを止め、顔をぎゅっとしかめた。口をゆがめ、眉間(みけん)にしわを寄せ、鼻をうごかす。鼻とのどにしみるような、いやなにおいを消そうとして、何度もくしゃみをした。

　ランパスは先に進んだ。調理台に飛びのったものの、思ったよりせまくて落ちそうになり、しっぽでなんとかバランスをとった。そのとき、飲みかけのワインのびんと、木のスプーンがいっぱい入った壺(つぼ)を見つけた。壺をたおしたら、大きな音がした。スプーンがばらばらと落ちていく。まるで、なにかの生きものが、長い足で逃(に)げていくみたいだ。ランパスは思わず飛びかかった。宙返りをしながらスプーンをとらえる。とりそこねたスプーンは床(ゆか)に当たって、やかましい音をたてた。ランパスは楽しくなってきて、しばらくスプーンをいじっていた。

　スプーンで遊ぶのにあきると、大きな棚(たな)のそばに行った。ここのにおいも気になる。ランパスは、背が高く幅(はば)のせまい棚を見上げた。棚には箱やびん、乾燥(かんそう)食品や製菓(せいか)材料がぎっしりつまっている。十分な足がかりがあるかわからないけれど、どうしても登ってみたい。しなやかな体を、ぐんとのばす。

　しかし、うまいぐあいに飛びのれず、ランパスは棚にはげしくぶつかったあと、いきおいよく落ちた。

　つぎの瞬間、大崩壊が起きた。耳をつんざくような、すさまじい音とともに、ありとあらゆるものがくずれ落ちた。ガラスが割れ、木がくだける。間一髪、その場を離れたランパスは、部屋のすみに下がった。液体の飛び散る音や金属音がやんで、音もなくきらきらと舞う粉砂糖のほかに動くものがなくなるまで、ランパスはそこでちぢこまっていた。

　でも、やはり、においに引きつけられる。

　毛皮をぶるっとふるい、歩きだす。たおれた棚のまわりはめちゃくちゃになっていた。緑と金の大きな缶が横倒しになっている。缶はゆっくりと、ランパスのほうに転がってきた。どろっとしたゴールデンシロップが流れだす。それが生きものなのかどうかもわからないまま、おずおずとたたいた。すると、べとべとしたものが前足についた。警戒しつつにおいをかいだあと、舌の先でなめてみる。とんでもなく甘いけれど、まずくない。さらになめて、前足をきれいにしようとした。シロップはひげやあご、それからどういうわけか、しっぽの先にまでついた。

　気分が悪くなってきたランパスは、台所を出て居間にむかった。シロップと粉砂糖にまみれた、大きな足あとをカーペットにのこしながら。居間の窓には、どっしりしたシルクのカーテンがかかっていた。登ってみたくてうずうずする。ランパスは爪を立てて、近くのカーテンに飛びかかった。すると、てかてかした布はあっという間に裂けて、ランパスは床まですべりおちた。何度かくりかえすうちに、布がずたずたになってしまったので、登れそうなものがほかにないかさがすことにした。そこで目にとまったのは、テレビののった棚と、大きな真鍮のランプだ。ところが、ランプは見た目ほど頑丈でなかった。登りかけたとたんにたおれ、ガシャンという大きな音がして、ランパスは肝をつぶした。ぱっと横にうごいて、コーヒーテーブルに飛びのる。シロップでべたべたの前足が、テーブルに山積みにされた雑誌にくっつく。足にはりついた雑誌をふり落とそうとしたら、ページが何枚もやぶけた。

　そんなふうに奮闘していたとき、むかむかするにおいがした。花とはちがう甘いにおい。さっきの女の人が帰ってきたのだろうかと、ランパスは思った。全身の動きを止め、ひげをひろげ、耳をぴんと立てる。足音が聞こえてきた。人間の足音だ。鍵がジャラジャラと鳴る。錠がはずれ、ドアノブのまわる音がする。

　あの人が帰ってきた。

7

ガタンという音とともに、ドアが閉まった。発車を知らせる笛が鳴り、エンジンがゆっくりと、シュッシュッという音をたてはじめる。母さんの姿が見えなくなって、パディントン駅が遠ざかるまで、マギーは手をふっていた。それから、けがをしてないほうの手をポケットに入れた。銀色のふたのついた、小さなガラスのびんをとりだす。

マギーは声を落として、二匹(ひき)のカタツムリに話しかけた。

「あなたたちを連れてきちゃって、母さんが心配しないといいけど。でもわたし、一人でうまくやれる自信がなくて。あなたたちは問題を起こさないだろうし」

カタツムリたちをじっと見つめて、言葉をつづける。

「スピットファイアは、どんなときも上手に切りぬけられるよね。それに、ハリケーンといっしょにいると落ちつくの」

カタツムリたちはいつものように、すべてを受けいれているようだ。

マギーはびんをポケットにもどした。二匹(ひき)がそこにいると思うだけで、おなかのふるえがおさまる。

向かいの席の女の人は、こちらを見て怪訝そうな顔をしているけれど、気にしないことにした。どうか話しかけられませんように。家を長く離れるというだけでも、不安でたまらないのだ。たいてい自分の部屋か裏庭にいるマギーにとって、家を離れる数週間は、途方もない時間に思える。それでも列車がロンドンを出て、雪におおわれた田舎に入っていくにつれ、胸がわくわくするのがわかった。シエパーズブッシュより先は一人で行ったことがないし、コーンウォールはもっとずっと遠いところにある。

トルーロ駅につくころには、日が暮れはじめていた。マギーはスーツケースをはこぶのに苦労しながら、列車からおりた。そのままベンチまでスーツケースを引きずっていき、迎えにきてくれることになっているおじいちゃんをさがす。それらしい人はいない。そばに寄ってくる人もいない。プラットホームから人がどんどんいなくなって、とうとうマギーだけになった。人目につくように、赤い帽子の先のポンポンをほぐしてふくらませる。しかし、まわりにはだれもいない。切符売り場にも人影がない。

だんだん不安になってくる。おじいちゃんのうちの住所を聞いておけばよかった。まさかこんなことになるとは、母さんもマギーも思ってなかったのだ。片方のミトンをはずし、手をポケットにすべりこませる。なめらかで冷たいガラスのびんをさわっていると、心が落ちつく。

マギーはつぶやいた。

「おじいちゃんはぜったいに、すぐに来るから、だいじょうぶだよ」

それからまたしばらく時間がたって、夕闇がおりてきた。列車が来て、行ってしまった。びんにふれている指もかじかんできた。ふるえながら、これからどうしようかと考えはじめたとき、マギーを呼ぶ声がした。

「そこの赤い帽子の子は、マーガレット・スティーブンズじゃないかい？　おそくなってしまって、悪かったね！」

マギーが顔をむけると、背が高く、あわいブルーの目をした人がやってくるのが見えた。白髪の頭は薄くなっていて、古びたパーカーを着て、厚手の毛糸のマフラーを巻き、よごれた長靴をはいている。その人がくしゃっと笑ったら、あたたかく迎えてもらったような、でも、ちょっと落ちつかない気持ちにもなった。だけど、ふと額と眉のあたりが母さんに似ていると思い、そうしたら、ほっとして笑顔を返していた。

「車のタイヤがパンクしたんだよ。よりによって、こんなときに。いまいましい釘のせいだな。さ、スーツケースはおじいちゃんが持ってあげよう。寒かっただろう。だいじょうぶかい？　列車の旅はどうだった？　マーガレット……いや、マギーと呼んだほうがいいのかな」

「よ……」

言葉が出てこない。マギーはせきをするふりをした。ひとこと「よかった」と言いたいのに、そんな簡単な言葉が、なぜ言えないのだろう。いまだけは、つっかえずに話したいのに。

「よ……」

もう一度言おうとしたあと、べつの言葉に言いかえる。

「ススムーズでした。マッ……」

言葉につまる。

「マーーーーーー」

〝マギー〟は発音しづらい。自分の名前を言おうとして、何度も頭をはげしくふった。

どうしても、言葉が出てこない。のどのつかえがとれるのを待つ数秒のあいだ、永遠に時間がすぎないように感じた。言いたかったのは、マギー。自分のことはマギーと呼んでほしい。マーガレットと呼ばれると、まちがったことをしてしまったみたいに感じる。父さんが怒(おこ)っているとき、そんなふうに呼ぶから。だけど、「マギーって呼んでください」と言うかわりに、こう答えた。

「すす好きなように呼んで」

おじいちゃんはマギーを見つめて、うなずいた。

「そうか。じゃあ、きみの母さんはマギーと呼んでいるから、ぼくもそうしようか。ぼくのことは、フレッドと呼べばいい。みんな、そう呼んでるから。車は向こうにとめたんだ。足もとに気をつけて、ついておいで」

一歩一歩、雪と氷の上を進む。マギーが言葉につまっても、フレッドが動じるそぶりを見せなかったのがうれしかった。

マギーは、おんぼろのランドローバーの前の座席にすわった。湿って、かびの生えた毛布と泥、それからキノコのにおいがする。そう思っていたら、なんと、ハンドブレーキのすきまから小さな白いキノコが生えていた。空調の吹き出し口は緑の苔におおわれていて、車内はちっともあたたまらない。ガタガタ鳴る窓のすきまから吹きこむ風は、こごえるほど冷たい。

車ははずむように、細い雪道を進んだ。フレッドの運転が下手だということは、すぐにわかった。しかも、話しながらマギーをちらちら見るものだから、何度も急にハンドルを切っていて、一度なんか郵便ポストにぶつかりそうになった。マギーは座席のはしをにぎりしめた。

エンジンの音にかきけされないように、フレッドが声を張って言う。

「きみは動物が好きだって、お母さんが言っていたけど、そうなのかな」

マギーがうなずくと、フレッドは話をつづけた。

「そりゃあいい。ぼくと同じだな。マギーはどんな生きものが好きなんだい？　ほら、うちは古い農場だろ。もう家畜はいないが、リンゴ畑なんかはあるし、昔、狩りの獲物を入れていた貯蔵庫にはいま、コマドリの家族が暮らしてる。中に入るのはよしたほうがいいぞ。今朝、道でキジが死んでいるのを見つけて、そこにつるしておいたんだ。コーンウォールのことはイーブリン……、ああ、お母さんからなにか聞いてるかい？」

フレッドはだまった。そのあと、つかの間おりてきた沈黙をそのままにしていいのかわからなかったようで、また一人で話しはじめた。

「ぼくはね、医者ではなく獣医になったほうがよかったんじゃないかと、ときどき思うんだよ。人間より動物のほうが理解できるんだよなあ……」

そう言ったあと、ちょっとだまってから、きまり悪そうに言葉をつづける。

「理解できないというのは、もちろん、きみのことじゃないよ」

気まずい空気が流れる。マギーは窓の外を見て、なにも気づいてないふりをした。マギーが話さないのを、フレッドが気にしてないといいのだけれど。

「そういえば、ぼくはドングリを集めているんだ」

見通しのきかない角で、急にハンドルを切りながら、フレッドはいきなり話題を変えた。

「石も集めているし、浜辺に行ったらよく、流木や貝殻をひろう。タカラガイを見たことはあるかい？　なかなか見つからないんだが、とても美しいんだよ。色はピンクや白で、きみの爪くらい小さな貝だ」

マギーはフレッドの話を聞きながら、座席のはしをにぎる手に力をこめた。どうか、反対側から車が来ませんように。ロンドンとちがって、道路にほかの車がいなくてよかった。フレッドの運転はほんとうにひどい。

ローズマリオンの村に入るころには、あたりはすっかり暗くなっていた。なにもかもが雪におおわれている。なにひとつ見逃したくなくて、マギーは目をこらした。車は、尖塔のある古い石造りの教会、郵便局と電話ボックス、赤いライオンの看板のあるパブの前を通りすぎた。どの建物もこわれたところがない。ロンドンにあるような、がれきの山や、地面にあいた大きな穴は見かけなかった。ナチスの爆弾で破壊されたメスリー・ストリートなんか、歯がぬけたみたいに、いまだにところどころ空き地があるのに。一戸建てがつながったテラスハウスやレンガ造りの家のかわりに、小さな門と前庭のある家が、ここではぽつぽつ目にとまる。ふったばかりのやわらかな雪がすべてをつつみこんでいる。村のはずれまでくると、家の数も少なくなり、最後に大きな門があらわれた。さびた鉄の門の先はとがっていて、金メッキがはがれかけている。

「あの古い屋敷は、フォイ卿のものだ。けして近づくなよ」

フレッドが顔をしかめて言う。フォイ卿の名を口にしたときのフレッドのようすは、マギーの心に強い印象をのこした。車が屋敷の前を通りすぎるあいだ、マギーはくずれかけた壁を見た。古い砦みたいに堅い守りの、黒々とした壁がどこまでもつづいている。フレッドがはじめて、しんとおしだまった。しばらくしてから口をひらく。

「マギー、もうすぐ着くよ。この先にある木の門がうちだ。さくら荘という名前だよ」

庭の入り口から玄関までつづく長い道のわきには、木が植わっていた。雪でかたまった砂利とくぼみで、道はでこぼこだった。いちばんおくのひらけた場所に車を止める。ヘッドライトの明かりがぐんと動いて、小さな石造りの家がちらりと見えた。白いしっくいの壁で、屋根が茅ぶきの家だ。部屋のあちこちに灯されたろうそくが、あたたかな黄色い光で暗闇を照らしている。

フレッドが車をおりた。マギーは一瞬、ためらった。まわりにあるのは見なれないものばかりだ。ポケットに手を入れて、ハリケーンとスピットファイアにむかってささやく。

「いっしょに来てくれてありがとう。わたしが勝手に連れてきちゃったんだけどね。あなたたちがここにいてくれて、ほんとうによかった」

「いま、なにか言ったかい」

フレッドが車のドアを閉めながら言う。マギーは車からおりて、フレッドに答えた。

「あり、あああ、ありがとうって言ったの」

フレッドは楽しそうに笑った。

「そうか。じゃあ、こっちに来て。裏口は、ここをぐるっとまわって、貯蔵庫をすぎたところにある」

マギーはすぐに、さわやかな潮の香りに気づいた。ここから海まではどれくらい離れているのだろう。

ここの空気はやはり、特別なのかもしれない。息を深く吸って、夜空を見上げる。これだけたくさんの星を見るのははじめてだった。木々の枝の間で、何百、何千もの星がまたたいている。まるで星の冠だ。ひとつひとつが途方もなく明るく、強い光を放っている。

8

玄関のドアが開くと、うたうような声が聞こえた。カチャンと、トレイに鍵をおく音がする。明かりがぱっとついた瞬間、あっとおどろく声がして、そのあと金切り声がつづいた。

ランパスはすばやくコーヒーテーブルからおりて、ひじかけ椅子の後ろにかくれた。

「どうしてこんなことに！　カーテンも、ランプも、テーブルも……」

女がゆっくりと台所に入っていくのを、ランパスは見ていた。

「まさか、そんな……」

女は口に手をあてた。声がだんだん小さくなっていく。

ランパスは、ようやくちゃんとした晩ごはんをもらえるのかと思って、部屋の真ん中まで出ていった。

女はランパスを見つめてつぶやいた。

「おまえはモンスターよ。うちの中をめちゃくちゃにして。家具もカーペットも、それから……」

部屋の中をさまよっていた視線が、また破壊のあとを見つけた。

「ビンテージのファッション雑誌まで！」

女は廊下(ろうか)に出ていくと、電話をつかんだ。ダイヤルをまわすあいだ、数字盤(ばん)に爪(つめ)が当たって音をたてた。

「もしもし？　スタンリー？　アラベラだけど……」

アラベラは、ヒステリックな涙声(なみだごえ)でつづけた。

「うちの中がめちゃくちゃなのよ！　かわいいネコちゃんみたいなものかと思っていたら、とんでもなく野蛮(やばん)なモンスターだったの！　すぐにひきとってちょうだい。あの運転手……そう、マーティンを早くよこして……ええ、いまが夜の十一時なのはわかっているけど、そんなのは関係ないわ！」

女は電話を切った。

ランパスはあたりのにおいをかいだ。しっぽがたれる。エサをもらえそうな気配はない。

女はせかせかと、行ったり来たりした。リードと水入れをつかみ、檻(おり)の中になげいれる。それから台所に行き、足の置き場をさがしつつ冷蔵庫にむかった。ランパスは、ようやく晩ごはんのことを思いだしてくれたのかと思って、後ろからついていった。そして、冷蔵庫から出した茶色い包みが檻に放りこまれるのを見た瞬間(しゅんかん)、すかさずあとから飛びこんだ。後ろでとびらがガチャッと閉まったけれど、まったく気にとめなかった。包みからこぼれでたたくさんのミートボールに、すっかり夢中になっていたのだ。紙を引きさき、ぺろりと平らげる。

女は泣きながら台所を歩きまわった。コツコツという足音や、靴底(くつぞこ)が床(ゆか)の上ですべる音がする。ランパスは口のまわりをなめて、寝そべった。そのとき人の声が聞こえた。これまでとはちがう、太い声だ。だれかがやってきて、女と話している。

「ペニーワースさん、申し訳ないですけど、それは無理です。こいつをどうしろというんですか。わたしだって困りますよ。子ネコじゃあるまいし、まさかユキヒョウを段ボール箱に入れて、道にすてるわけにもいかんでしょう」

「マーティン、まわりを見てちょうだい。なにもかもめちゃくちゃにされて……」

話している途中で声がうわずる。女はハンカチを出すと、目をおさえた。

「今日はわたしの誕生日なの。マーティン、こっちを見て。わたしは今日、三十になったのよ。そのお祝いがこれだなんて、あまりにもひどすぎると思わない？」

「ペニーワースさん、ちょっと落ちついてくださいよ」

マーティンはしばしだまってから、言葉をつづけた。

「少し考えさせてもらえますか。そうだな……。街を出て、田舎に連れていくのはどうだろう。こういう大きな動物を、そうやってかたづけた話を聞いたことがある。もちろん、切羽つまって、ということですが」

「それがいいわ。そうしてくれる？　スコットランドでも、コーンウォールでも、どこでもいいから連れていって。この子にとっても、田舎で暮らすほうがいいでしょうし……」

鼻をすすり、一拍おいてからつづける。

「こういう動物はロンドンではなく、どこかの森にいたほうがいいんだわ。兄さんはなにを考えていたのかしらね。マーティン、やってくれるでしょ？　お礼としてお金をたっぷりはらうから」

「わかりました。よさそうな森をさがしてみましょう」

「そうしてちょうだい。いますぐ森に連れていって」

女は鼻をすすって言った。


ランパスは階下にはこばれた。体がはねあがり、檻(おり)にぶつかる。檻が持ちあがり、建物からはこびだされ、バンの荷室(にしつ)に入れられる。その間(かん)、いくどとなく体がすべった。

エンジンの音がさわがしい。いったい、いま、なにが起きているのだろう。目に入るのは、通りすぎる街灯の明かりだけ。寝(ね)そべっているうちに、眠(ねむ)くなってきた。高速道路の継(つ)ぎ目(め)や隆起(りゅうき)した部分が、くりかえし体をゆする。ときおり目がさめたけれど、自分がどこにいるのかわからない。ランパスはそのたびにロージーをさがし、鳴き声をあげた。しかし、返事は一度もかえってこなかった。

夜がふけていく。車はカーブを切りはじめた。平らでまっすぐな長い道ではなく、曲がりくねった道がつづく。どこにむかっているのか、なにがなんだか、ますます混乱してしまう。何時間かして、車はゆっくりと止まった。エンジンはまだ動いている。男が車から出ていく音が聞こえた。男の靴(くつ)が道の上ですべる。鍵(かぎ)がまわり、カチッという音をたてた。それから、荷室(にしつ)のドアがばっと開いた。光に一瞬(いっしゅん)、目がくらむ。

ランパスはちぢこまった。

男はかがんで、檻の鍵を開けた。やさしい声で、「ネコちゃん」と呼びかける。

ランパスは顔を上げたが、前に出ようとはしなかった。ここがどんなところなのかさぐろうとする。

なにもかもすべて、なじみがない。においも空気もおかしいし、男の声は不安そうだし、あたりは奇妙な静けさにつつまれている。

「お願いだから、出てきてくれよ！」

男はぐっと前に出ると、首輪をつかんで引っぱった。ランパスは首をひねって、のがれようとした。

「じっとしてろ」

首が引っぱられて苦しい。首を左右にふっても、男は手をはなそうとしない。

「おい、やめろ！　危ないじゃないか！」

なにかがちぎれるような大きな音がした。ランパスは車から飛びおりて、頭を何度もふった。じゃまなものがようやく、はずれたぞ！

「やれやれ。さあ、早くどこかに行ってくれ！」

男はちぎれた首輪をひろい、木々のほうにむかってなげた。車のドアがバンッと閉まり、男が急いで運転席にもどるのを、ランパスは見ていた。エンジンの回転数を上げ、車は行ってしまった。ランパスだけが道にとりのこされた。

鼻の穴をひろげ、耳をぴんと立てる。全身の感覚が、警戒してぴりぴりする。闇に目をこらすと、道の両側に、雪にうもれた溝(みぞ)が見えた。道の片側は、高い木々のおいしげった、暗い森に面している。まわりのにおいをかいでみた。知らないにおいばかりだ。周囲の音も聞きなれない。ここは安全な場所なのだろうか。ランパスにはわからなかった。

ランパスは森には行かないことにした。遠くにたくさんの光がまたたいているのが見えて、それでペット・キングダムを思いだしたのだ。あの明るいところに行って、休める場所を見つけて眠(ねむ)ろう。ロージーに会いたい。何度も長く声をあげた。ロージーはいま、どこにいるのだろう。

空は暗く、月はどこにも見えない。ランパスは歩きだした。体はひとすじの銀のけむりのように、道のはしの影(かげ)にとけこんだ。

そのあいだもずっと、ランパスは鳴きつづけた。

9

マギーは夜中に目をさました。なにか聞こえる。胸(むな)さわぎがして、そうしたら、また聞こえた。鳥の声？　ううん、動物の鳴き声みたい……。マギーは体を起こしてすわると、カーテンを開けた。月があたりを照らしている。やわらかな雪がつもっていくのが見えるくらい明るい。下のほうに広い庭が見えて、リンゴ畑につづいていた。ねじれた枝々も、雪にすっぽりおおわれている。そのとき、なにかが動いた。葉を落とした枝の影(かげ)の間を通っていった。想像の産物ではないかと思ってしまうほど、かすかに見えただけだったけれど、あれは動物だったような……。そんなふうに考えていると、それはまたあらわれ、木々の外に出てきた。雪の上をそっと、かろやかにうごきまわるさまは、流れる水のようだ。銀白色の体に黒いぶちがあり、見たこともないほど長くふわふわした、しっぽがついている。あんなネコ、いるのかな……。そう思って、両手で目をこすった。そして目を開けたときには、動物はどこかにいなくなっていた。

雪のかけらが空からふわふわ舞(ま)いおりる。夢でも見ているのではないかと、マギーは思った。

つぎの朝早く、カーテン越しに陽の光がさすころ、目がさめた。胸の内は、ふしぎなくらい希望にあふれていた。ここは、青い花柄の壁紙をはった小さな明るい部屋で、白いドアがある。あざやかなクッションが、すみのひじかけ椅子につまれ、その後ろの本棚は本でいっぱいだ。自分の部屋ほどではないものの居心地がよく、気にいった。

マギーは毛布をはねのけて、まっすぐ窓にむかった。月明かりの中、ふしぎな生きものを見たのは夢だったのか、それともなにか手がかりがのこっているかたしかめたかったのだ。でも、なにもなかった。庭のはしの石壁から、近くの草地の生垣まで、なにもかもが、きらきらした雪にかくされた真っ白な世界だ。

窓台においたびんを持ちあげると、ガラスはひやりと冷たかった。

「あなたたちはきのうの夜、おかしなものを見なかった？　わたしは見たような気がするの。わからないけど、なにかが木の間をぬうように進んでいったんだよね。たぶん、動物じゃないかな。白っぽい銀色で、すっごく長いしっぽがあって、大きなネコみたいに見えたけど……」

きのう見たままの姿を思いえがく。

「ヒョウよりは小さくて……」

マギーは鼻にしわを寄せて、ほんとうにヒョウに似ていたか、少しのあいだ考えた。小さな銀色の、まぼろしのようなヒョウ。まさか、こんなところにいるはずがない。マギーは窓台にびんをもどし、スーツケースを開けた。

そうして、お気に入りのセーターをさがしていたら、白黒の写真がはらりと落ちた。マギーが小さいころ、父さんと母さんといっしょに撮った写真だ。二人はマギーのぷくぷくした小さな手をとり、石でいっぱいの浜辺を歩いていて、みんな楽しそうに笑っている。裏返してみると、流れるような几帳面な字が見えた。母さんが書いてくれたのだ。

――一九五四年夏　わたしの娘ならだいじょうぶ！

いつ、どこで撮った写真なのか、まったく記憶になかった。

父さんがこんなふうに笑うなんて……。いまの父さんがにこにこしているところなど、想像できない。この世の美しいものがすべてしぼりとられ、心動かされるものがなにひとつのこってないみたいに、いつもけわしい顔をして、つかれているように見えるもの。写真の中の母さんの顔にふれてみた。うちが恋しくなり、胸がちくりと痛む。母さんはきっと、マギーがこの写真を見つけたら喜ぶと思って、荷物にしのばせたのだろう。マギーは、ベッドの横のテーブルに写真をおいた。それから着がえをすませた。

天井が低かったり、床がきしんだりするような場所が、このうちにはたくさんあった。窓台や、棚や、すみのスペースは、貝殻、小石、ドライフラワー、ドングリ、トチやブナの実でうまっている。マギーは階段の上で立ちどまると、床に落ちていた鳥の巣をひろいあげた。手の中にある、自然のままの巣は、こわれやすい枝をしっかりと組んで、なめらかなくぼみをつくっている。フレッドがいろいろなものを集めていると言っていたのは、嘘(うそ)ではないらしい。ここには外の世界のものがいっぱいあるから、まるで家の壁(かべ)が生きていて、うちと外の境をあいまいにしているみたい。マギーはそっと巣をもどしてから、むきだしの梁(はり)の下をくぐり、階段をおりて台所にむかった。パンのにおいがふわっとただよってくる。

フレッドは、クリーム色のオーブンの前に立っていた。

「マギー、おはよう。ちょうどいいところに来たね。ぐっすり眠(ねむ)れたかい」

「ぐぐっ……」

マギーは言うのをやめて、うなずいた。頬(ほお)が赤くなる。「ぐっすり眠れました」と言うのではなく、ほかの言葉におきかえることにする。

「よよよく寝(ね)た……」

フレッドはマギーの目を見て、やさしくほほえんだ。マギーも一瞬(いっしゅん)、フレッドの顔を見つめた。フレッドはきのうよりリラックスしている。口もとにしわが寄っていて、心から笑っているのがわかる。

「じゃあ、すわって、朝ごはんにしよう。コーンウォールの卵は新鮮(しんせん)だからな。いままで食べたことがないくらい、おいしいぞ」

スクランブルエッグがたっぷり入った鉄のフライパンのはしをへらでたたきながら、フレッドが言う。マギーはまたうなずいた。窓ぎわの長椅子(ながいす)にのった新聞、本の山、双眼鏡(そうがんきょう)をおしやってすわる。

「卵は好きだよな？　きみの母さんは好きだったからね。もちろん、きみもそうだとはかぎらないんだが」

「すす好きです」

ぶじに着いたと、母さんに電話しなければならないのを、フレッドはおぼえているだろうか。はずかしい思いをしてまできく気にはなれず、マギーはだまっていた。フレッドが皿をおくと、マギーは食べはじめた。あざやかな黄色のスクランブルエッグには、バターがたっぷり入っている。フレッドはせかせかとうごいて、リンゴジュースの入ったカップやトーストのおかわりを持ってきてくれた。

マギーはだまって食べた。フレッドの気配りと、無理やり話をさせようとしないことがうれしかった。フレッドのほうも、静かにしているほうが落ちつくみたいでよかった。

窓の外を見ると、雪からつきでた柱の上に鳥のエサ台がある。小さな屋根はかたむいているし、窓のかたちもととのってないから、手作りだとわかった。スズメや、ズアオアトリや、クロウタドリの一団がきそいあうように、エサ台におかれた種を食べている。

マギーの視線に気づいたフレッドが言った。

「ここにいる鳥たちは、こんな寒さになれてないんだよ。ぼくらだってそうさ。コーンウォールにこれほど雪がふったのは見たことがない」

フレッドはマギーのとなりにすわった。熱い紅茶をすすって、話をつづける。

「手の傷はどんな感じかな。治りぐあいを見てあげようか」

マギーは首をふった。

「いいいまはいい。だ、だだだ、だだだ、だいじょうぶ」

マギーは急にはずかしくなった。けがの理由を知ったら、フレッドはなんて思うか……。

フレッドはマギーをじっと見た。きらきらかがやく目は、マギーがどう感じているか、なにを考えているかということだけを気にしているように見える。きっと、フレッドはいい医者なのだろう。少なくとも、マギーの手当てをした看護師みたいに、患者をあつかうことはないはずだ。また外に目をむけたら、ふったばかりの雪がマギーをさそっていた。

「そそ外に行っていい？　た、たた、食……食事が終わったら」

フレッドは紅茶をテーブルにおいた。

「もちろんだとも！　ここは田舎だから、好きなときに外で遊んでいいんだよ。きみの母さんもこのあたりをかけまわったり、そこらで側転したりしていたよ。靴なんかはかないで……」

フレッドはテーブルの下に目をやり、マギーがはだしなのを見てにっこりした。

「きみもそうしたってかまわないが、今日は靴をはいていったほうがいいな。しばらく氷点下がつづきそうだ。きみの勉強がおくれないようにすると、お母さんには約束したけど、急ぐことはないだろう。ここになれるのが先だから、まずは外を探検しておいで。ワイルドオークに行ってもいいね」

マギーの眉がピクッと上がったのを見て、フレッドが窓の外を指さした。

「あそこにある森だよ。イギリス南西部にのこっている、とても古い森のひとつだ」

フレッドの指の先に目をむける。鳥のエサ台をこえ、斜面をくだり、その向こうの丘をのぼったところに、黒々とした三日月形の一帯が見えた。あわいブルーの空に高くそびえる木々は、純白の雪の中にたたずむ、おとなしい巨人の群れのようだ。

「この先ものこるかどうかは、わからないが……」

フレッドがけわしい顔で、吐きすてるようになにやらつぶやく。そのあとで言葉をつづけた。

「あそこはふしぎな場所なんだ。ほんものの魔法が息づいているとでも言えばいいのか……」

ほんものの魔法って、なんのことだろう。ゆうべ、窓から見えた生きものはなんだったのか……。フレッドが立ちあがり、紅茶ののこりを流しにすてているあいだ、マギーは外を見ながら考えていた。ほんものの森に入ったことは一度もない。母さんとハイドパークに行ったことはあるけれど、公園と森はちがう。公園にはルールがある。

こおったテムズ川でスケートをする人たちのニュースが、ラジオからかすかに聞こえてくる。大寒波で信じがたいことが起きていると、解説者が話している。空にむかってそびえたつ、遠くの木々を見ているマギーの胸を、ある思いがかすめた。ときには、信じがたいことも起きる。もしかしたら、ここの空気がきいて、吃音が治るかもしれないし、そうしたらグランビルにだって行かなくていい。マギーはぱっと立ちあがると、皿をかたづけ、厚い靴下とブーツをとりにいった。早く外に出たくてたまらなかった。

10

きらきらしていた場所は、ペット・キングダムではなかった。においもちがうし、休めるような場所はどこにもなく、ロージーもいない。ランパスは暗がりに身を寄せ、家々の間や通りをかけぬけた。村のはずれに、ほかの家より大きくて、りっぱな屋敷があった。先のとがった門のすきまを通りぬけると、ひろびろとした庭に出た。ぼんやりと明かりの灯った部屋の中に、男が一人すわっていたが、ランパスは気づかなかった。男はパイプを吸っている。光がかたどった顔の上に浮かぶけむりは、まるで王冠のようだ。

ランパスは歩を進めた。つかれていたし、困惑していた。屋敷の庭に興味をひくものはない。来たときと同じように、門のすきまからするりと出て、村から遠ざかる。細い田舎道に入り、かたむいた門と白いしっくいの家の前を通りすぎる。そのあと、リンゴ畑のはしで立ちどまって、あたりのにおいをかいだ。静かな夜だ。また雪がふりだした。こんなふうに知らない場所に放りだされて、どこに行ったらいいのかわからなかった。ロージーも見つからない。自分になにが起きたのかもわからない。もう一度、ロージーを呼んでみる。

答えは返ってこない。

ふわふわと雪が舞っている。リンゴ畑のあたりをぐるぐるとさまよっているうちに、森の近くまでもどってきてしまった。これからどこに行ったらいいのだろう。

ランパスはこれまで一度も、森に入ったことがなかった。本能が全身の感覚をとぎすます。鼻の穴がひろがり、耳がぴんと立つ。硬くこおった地面からただよう土のにおい。雪で湿った木の皮。なじみのない動物のマーキングのにおいは、まだ新しい。頭上からかすかに羽音が聞こえる。いろいろな音にとまどってしまう。森の生きものが警戒したり、興味をしめしたりして鳴いている。どれも聞きなれない音ばかり。自分はここで歓迎されているのか、それとも追いだされようとしているのか……。

雪がはげしくなった。細い道をたどって、そっと足をはこび、森のおくに入りこんでいく。すると、丸くひらけた場所に出た。ランパスは立ちどまった。小さな空き地の真ん中に、雪をかぶった大きな木がそびえている。太い幹は途中から二つにわかれていた。あるとき雷に打たれ、それでもたおれず、成長しつづけた木だ。その枝はまるで眠れる巨人の腕のように、ランパスの目の前にたれていた。

ランパスは慎重に近づいた。においをかぎ、あたりの音をさぐる。耳がぴくぴくうごく。ランパスは低い枝に登りはじめた。ごつごつした樹皮に爪をくいこませ、しばらく登ってから見下ろすと、黒ずんだ幹の真ん中が、ぽかりとあいているのが見えた。ランパスはしっぽをさっとうごかした。木のうろの中には、リスの巣の残骸のほかはなにもない。しかも、このうろは外から目につかない。ランパスはうろの中にもぐりこみ、毛布のようにしっぽを体に巻きつけて丸くなった。ここは安全だ。

目をさましたとき、ランパスはうろの内側に頭をつけていた。鼻先でムカデがうごいている。小さな足がうごく、かすかな気配。起きあがったランパスは、あくびをした。舌がかわいているし、おなかもすいている。うろの入り口から顔を出し、ゆっくりと頭をうごかして、まわりを見まわした。早朝の陽（ひ）の光が、つもった雪を照らしている。まわりのものがきらきらとかがやく。冷たい風が、頭の後ろの毛をなでていく。

どうしたらミートボールにありつけるだろう。どこをさがせばいいのだろう。

なにかが目のはしに見えて、顔を上げると、リスがいた。細い枝の先でバランスをとりながら、前足でドングリをかかえこんでいる。首をかしげて、呆然（ぼうぜん）とランパスを見つめている。ランパスはまた、あくびをした。リスはぱっとかけだした。ランパスは追いかけっこがしたくてたまらなくなり、うろの外に飛びだした。つぎつぎに枝をよじ登って追いかけたが、リスはもっとすばやい。細い枝がたわんで、ランパスは後ずさった。

そのあいだも朝日はのぼりつづけ、やがて空き地は光につつまれた。雪と霜（しも）がかがやき、しずくがぽたぽたとたれる。ランパスは古い木の、ねじれた太い根の上にすわった。ランパスは落ちつかないが、ほかの動物たちはのびのびとふるまっている。一度は動きを止めた鳥たちも、ランパスがじっとしていたら、ふたたび活動しはじめた。鳥の歌声、騒々（そうぞう）しいさえずりや音のうねりがからみあい、空にむかってのぼっていく。ほっそりした長い腕（うで）をのばすように、となりと枝をかさねあい、ゆっくりと根をからませあう木々。森はふしぎな力に満ちていた。

突然、なんのまえぶれもなく、鳥たちがおびえたように、けたたましく鳴いた。ランパスは鼻を上にむけた。そして、なにかのにおいをかぎつけ、とっさに身を低くした。狩りをするのは、ランパスだけではない。

とがった耳とふさふさしたしっぽの、黒っぽいオレンジ色の動物が見えた。木々の間を雌のキツネが走っていく。キツネはランパスをちらりと見たあと、姿を消した。ランパスはその場で考えた。キツネはランパスより体が小さかった。追いかけたほうがいいのか、キツネは遊ぼうとしているのか、ランパスにはわからなかった。ランパスはぴょんとはねて追いかけようとしたが、すぐに気が変わった。いまは、のどがかわいている。水をさがそう。

ランパスは空き地を出た。大きく平らな足の裏は、ふったばかりの雪の上を歩くのにもぐあいがいい。光と影がちらちら入れかわる木の間に身をかくし、かろやかに歩くのは簡単だった。

しかし、ふみつけるまで、ハリネズミには気づかなかった。おどろいたハリネズミはすぐに丸くなった。あらゆる方向にとげがつきだした小さなボールは、ランパスと遊ぼうとしているのだろうか。あるいは、これは食べものなのか……。前足でたたくと、横に転がった。楽しくなってきて、もう片方の足でもたたいてみた。ハリネズミはまた転がっていく。すっかり興奮したランパスは、後ろに飛びのいた。これはロージーとよくやっていたゲームだ。ロージーはもっとふわふわしていたけれど。ハリネズミがキーキー、鳴き声をあげる。ランパスは身をのりだし、ハリネズミを右に左に転がした。

ハリネズミはぎゅっと丸まったまま、転がったりはずんだりしていた。そのあとでランパスはふと、ハリネズミをくわえようとした。その瞬間（しゅんかん）、舌と上あごにとげが刺（さ）さった。ぎょっとしたランパスは、くしゃみをするように、ハリネズミを吐（は）きだした。顔をしかめ、口の中でぐるんと舌をうごかす。味も舌ざわりも、ミートボールとはまったくちがう。

舌を傷つけられたのに憤慨（ふんがい）しながら、ランパスはハリネズミをおいて先に進んだ。のどはさっきよりかわいている。そうして森のはしにたどりついたら、こおった小川があった。氷の割れているところから、いきおいよく水を飲む。きりりと冷たく、気持ちがいい。舌がしびれ、痛みがやわらぐ。

そのとき、やわらかな足音に気づいた。ランパスは動きを止めた。水があごをつたっていく。聞こえてくる足音は、大人の人間のものではない。顔を上げ、まわりに目をこらす。すると、百メートルほど先に女の子が見えた。小川にそって、こちらにむかって走ってくる。

ランパスはゆっくりと下がった。人間を信用できるのか、いまではわからなくなっていた。あの子はミートボールを持っているだろうか。それとも檻（おり）にとじこめたり、もっとひどいことをしたりするのだろうか。

ランパスは森のおくにもどっていった。

11

ワイルドオークの森は柵の向こうにひろがっていた。柵にとりつけられた、幅のせまい踏越し段をかるがるとこえ、マギーは森の中に入った。高くのびた太い木々にかこまれて、ふと上を見れば、壮麗な大聖堂に迷いこんだみたい。ふりそそぐ陽の光が金のしまもようをつくり、枝先からこぼれた霜と氷が肩をぬらす。ひんやりした空気を吸いこむと、湿った土や、ふったばかりの雪のにおいがした。

ここでは時間も、ほかとはちがう流れ方をしているようだ。

かすかに見分けられた道をたどっていくあいだ、硬い地面にブーツの底がこすれて音をたてた。寒さで頬が赤らむのを感じながら進む。とくに大きなブナの木の根もとで少し立ちどまった。てっぺんが見えないほど高く、途方もなく太い木だった。幹に腕をまわしても、とてもかかえきれないだろう。けがをしてないほうの手のミトンをはずし、石にも似た茶色の、湿った樹皮にふれる。年月をかさねた、ざらざらした木肌は、太古の生きものの分厚い皮膚のよう。息づいているものの手ざわり、ゆったりと、しかし、たしかにそこに在るという感じに、はっとする。なにか音が聞こえるかと思って、幹に耳をつけてみた。なにも聞こえなかったが、マギーはしばらくじっとそのままでいた。

道は森のおくへとつづいている。とても大きな水たまりがこおっているのを見つけるたびに、マギーは立ちどまってふみつけた。厚いガラスの板のような氷は、パンッと音をたてて割れた。やがて、道は小さな空き地につきあたった。マギーは足を止めた。丸くひらけた場所の真ん中に、古いオークの巨木が、自然のままの姿で立っている。雷に打たれたのか、幹は途中から二つにわかれていた。雨風にさらされ、太陽をあびて育ち、幹にひびが入った木だ。こおった苔がところどころにはりついている。腕をひろげた眠れる巨人のごとく枝をのばし、雪のつもった地面を枝先でなでている。木登りをしたことは一度もないけど、この木に登ってみたい。マギーはしばし寒さをわすれて、ブーツと靴下をぬいで登りはじめた。入り組んだ太い根と、幹のこぶを足がかりにして。むきだしの足がざらざらした木肌にふれ、樹皮がぼろぼろと落ちていった。からみついている湿ったツタをつかみ、木のうろまで登っていく。

うろの内側には、ひきつった傷あとみたいになめらかな部分があった。うろの中はかわいていて、動物の巣の残骸のほかはなにもなく、がらんとした空間がひろがっている。胸の鼓動がだんだん速く、はげしくなる。そして、さっきのふしぎな感覚をまたおぼえた。この古い木も自分と同じように、たしかに生きている。

頭上の枝に目をやり、うちにのこしてきたフルートのことを考えた。きっと、フルートもこの木が好きになる。ウェリントンだってそうだ。身をかくせる場所が、ここにはたくさんあるから。フルートやウェリントンたちに会いたくてたまらない。

マギーはうろのふちにすわり、足を中におろした。寒さで赤くなったつまさきは、感覚をうしないかけていた。そこかしこで枝がのびていて、体を後ろにかたむけると、まるで木にやさしくいだかれ、そっとゆられているようだ。もしかしたら、ここではほんとうになにかの力がはたらいて、吃音も治るかもしれない。

もどかしさがこみあげてきて、マギーは体を起こした。みんなは学校に行って、好きなときに好きなことを話しているのに、自分は木の上で奇跡を願っているなんて……。どうして口をひらくたびに、恐怖と闘わなくてはいけないのだろう。子どもたちがおびえ、しばられ、おなかをすかせているグランビルになんか行きたくない。そんな思いが胸におしよせてきて、苦しくなった。まるで、こぶしでのどをふさがれたように。胸がつぶれそうで、ぎゅっと目をとじる。

そのとき、なにかが起きた。

ゆれているのはまわりの枝なのか、自分の内にあるものなのか……。それはわからなかったが、つぎの瞬間、なにか強い力が自分の中に流れこんできて、心をふるわせた。

自分に
　やさしく
　　してあげて

人として
生きるのは
大変な
ことだから

そんな言葉がはっきりと聞こえたり、見えたりしたわけではない。けれど、それはマギーの胸のかたすみで大きくひびいたかと思うと、小さくなっていき、ちりちりと燃えた。

木がマギーに話しかけているのだろうか。いや、そんなはずがない。木が話すなんてありえない。そう思いながらも、その言葉は蝶(ちょう)の羽ばたきのように、そっと心にきざまれた。

〝自分にやさしくしてあげて
人として生きるのは大変なことだから〟

そばの枝をつかみ、大きく目を開けて、まわりを見まわす。近くに人がいるのかと思って。

しかし、そうではなかった。木の下の空き地はがらんとしていて、ひっそりと静まっている。マギーはぶるっと身震(みぶる)いした。どこから聞こえてきたのかわからないが、心は軽くなった。寒さでこわばった足先をうごかす。いまのは空耳だったのか……。ここはとても寒いから、それでそんな気がしたのかな。

マギーは木をおりはじめた。そろそろブーツをはきたい。そうして昼食のことを考えていたら、急にするどい音がした。枝が折れたような音と、葉ずれの音があとにつづく。

枝につかまったまま、動きを止める。うなじの毛がふるえている。枝から手をはなし、トンッという音とともに地面におりた。一瞬、空き地のはしでなにかがゆれたように感じた。

「だ、だだだ、だれ、だれかいるの？」

空き地のしげみにむかってさけんでも、返事はかえってこない。

「きっ聞こえますか？」

答えはない。

マギーは急いで靴下とブーツをはいた。動物か人かはわからないが、たしかにこちらを見ている。でも、あたりのしげみをかきわけても、なにも見つからなかった。


家にもどると、台所のテーブルにメモがおいてあった。

——サンドイッチが好きだといいが。庭の小屋にいるから呼んでくれ。プレゼントがあるよ。

フレッド
メモのとなりに、サンドイッチをのせた皿があった。ふわふわの厚切りパンをめくったら、チーズとチャツネが入っていた。マギーの好物だ。

寒い外から帰ってきたばかりなので、台所のあたたかさが心地よい。棚につまれた青いしまもようの皿は、ほとんどが欠けている。棚にはほかに、たくさんのエッグカップや、そろってないマグカップがのっていた。ぼろぼろになるまで使いこまれた料理の本は、角を折ったページがところどころにあり、めんどりの絵のついたふきんがオーブンのそばにかかっている。マギーはサンドイッチをひと口かじって考えた。フレッドはここに一人で暮らしていて、さびしくないのだろうか。孤独(こどく)な生活という感じはしないけど。おばあちゃんが亡(な)くなったあと二十年くらい一人で住んでいるから、もうなれているのだと、母さんは言っていた。それでも、おばあちゃんの写真は家じゅうにあるし、母さんが子どものときの写真もちらほらあり、幼いマギーの写真も何枚かかざられている。フレッドと母さんは長いこと会っていなくて、電話で話すだけだと思うと、胸が痛んだ。フレッドと父さんはひどいけんかをしたというけれど、いったいなにがあったのだろう。

頬(ほお)ばったサンドイッチの、チェダーチーズの塩気、甘酸(あまず)っぱいチャツネが口の中でまざる。父さんと何年も口をきいていない理由を、フレッドにたずねてみてもいいのか、それは失礼なことなのか……。ほんとうに、わけがわからない。〝人として生きるのは大変なことだから〟という言葉が、心のおくでそっとひびく。フレッドに、さっきのできごとを話してみたらどうだろう。古い木が話すのを聞いた気がするって。でも、やっぱり言わないことにした。マギーはちょっと変な子で、頭がおかしいと思ってしまうだろうから。ううん、もうとっくに、そんなふうに感じているかもしれないな。

ガガガガガガガガ……。ブルルルルルルル……。聞いたことのないような騒音(そうおん)が、庭の小屋から聞こえてくる。おずおずと引き戸を開けると、薄暗い小屋の中は大変なちらかりようだ。棚(たな)は工具とよごれた油の缶、芝刈り機のエンジンや自転車のチェーンなどの部品であふれかえっている。

「きっ来たよ」

フレッドは戸に背をむけて、作業していた。火花を飛ばし、丸鋸でなにかを切っている。マギーの声はとどいてないらしい。フレッドの肩にそっと手をふれて、もう一度言葉をかける。

「おじい、おじい……」

きのう言われたように、フレッドと呼んだほうがよさそうだ。

フレッドがふりむいた。防塵ゴーグルをつけ、髪にはおがくずがたくさんついている。

「やあ、マギー！　楽しかったかい。サンドイッチは気にいったかな」

直接的な質問には、いつもまごついてしまう。答えようとするまえから、言葉が出てこないのがわかった。それで、せきをしようとしたら、まだ口も開けてないのに、頭が引っぱられたようにうごいた。

「きっ……きっ……」

言葉がつかえて出てこない。何度もはげしく頭をふったあとでようやく、息を深く吸いこんだ。

フレッドはやさしく言った。

「気にいると思っていたよ。さ、こっちにおいで。おもしろいものを見せてあげよう。きっとおどろくぞ」

マギーは、作業台の反対側までついていった。後ろからフレッドのぼさぼさの白髪頭と肩のあたりを見ていたら、感謝の気持ちがこみあげてきた。

フレッドは、大きな銀色のふしぎなものを指さした。

「こいつはぼくの自信作さ」

自転車のサドルと、おそらく車からとってきたハンドルと、三本の足のようなものが一体になっている。後ろの二本は金属の板で、ふちをなめらかにけずってあった。前についている板は短く、古い木のスキーの先の部分にも見える。

「こっこれは、なに？」

フレッドはかがんで、それを両手で持ちあげた。

「いまにわかる。これを持って外に行こう。マギーもやってみたくなるんじゃないかな！」

ふたりは丘の頂上まで登っていった。マギーにもようやくわかった。これはそりだ。「乗ってごらん」という身ぶりを受けて、マギーはサドルにすわった。ミトンをはめた手で、ハンドルをにぎりしめる。斜面は庭のおくまでつづいていて、ここから見ると、ものすごく急な坂に見えた。

「ブレーキがあるのをわすれるなよ」

フレッドがにっこりして、不安げにうなずくマギーに言った。

「準備はいいかい」

「いいかな」

丘のてっぺんでマギーはつかの間、うなじの毛が逆立つのを感じた。フレッドが軽くそりをおした。

そりの前につけたスキーがかたむき、雪の上にくっきりと跡がつく。フレッドがまたおすと、そりがだした。

きしむ。マギーは体をそらした。後ろの二本の板も徐々にすべりだし、つぎの瞬間、そりは丘を飛びだした。

いよいよはじまった。

マギーは息をのんだ。

腹の底で恐怖がはじける。これ以上ないくらい速く、一直線にすべりおりていくあいだ、風がびゅんびゅん顔に吹きつけた。帽子が飛ばされる。悲鳴をあげたら、それは歓声と笑い声に変わった。そうして、楽しいのか、いやなのかもわからないうちに、そりは下までたどりつき、大きく向きを変えて、すんでのところで小川につっこむのをまぬがれた。

フレッドがかけよってきた。

「すごく速かったなあ！」

マギーは息を切らして、ふるえていた。フレッドが問いかける。

「だいじょうぶかい？」

大きな笑みがマギーの顔にゆっくりと浮かぶ。

「た、たた、たぶん」

フレッドは声をあげて笑い、マギーの手をとった。それから二人で、そりを丘の上まで引いていった。マギーはそのあともそりで、なんども丘をすべりおりた。すごく楽しいような、もう二度とやりたくないような、どちらとも言えない気持ちで。

12

昼をまわり、太陽は空の高いところにかかっている。ランパスは腹が鳴るのを感じた。これまでは毎日、同じ時間にエサをもらっていた。朝と晩に一回ずつ。さっきの女の子はミートボールを持っていなかった。ミートボールのにおいはしなかった。ランパスはにおいをかいだり、耳をすませたり、なにかに目をとめたりしながら、はずむように森の中を進んだ。わからないことやしらべたいものが、ここにはたくさんある。ふわふわのしっぽのリスから、すべすべした背中の野ネズミまで、追いかけたくなるものもいっぱいある。

顔を上げ、風向きをしらべる。木の間をぴょんぴょんとんで、ときおり立ちどまっては、カサカサ鳴る木の葉に飛びかかりつつ、ランパスは東にむかった。

ブナの大木の下に、きらきらした小石のような糞の山があった。ランパスの糞とはちがう。すっぱいにおいがするし、草がまじっている。ランパスは前足で糞をひろげた。それからまた、においをじっくりかいだ。糞の主はわからない。でも、このにおいで身をかくせる。それで糞の上で横向きに寝そべり、毛皮にすりつけた。つぎは前足をつきだして仰向けになり、そのあとは身をくねらせて転げまわる。ようやく起きあがったランパスの背中には、しっかりと糞がついていた。これでいい。自分のにおいは消えた。獲物に気づかれず、しのびよることができる。

リスをさがして、木々の間を歩きまわる。あたりにただようリスのにおいに、腹が鳴った。口の中につばがわいてくる。

そのとき、なにかが目のはしにちらりと見えた。ふりかえると、赤茶色の長い尾の太った鳥が、木立の中を走っていった。目のまわりのあざやかな赤色をちらつかせ、つやつやした深緑色の頭がひょこひょこうごく。ランパスはキジを追いかけた。ぱっと飛びあがり、丸太をかるがるとこえて。おびえたキジはかん高い声で鳴き、羽をバタバタさせた。ランパスはなんとかつかまえようとして、前足をのばした。そして、そのまま空中に飛びだしたものの、大きな音をたてて地面に落ちた。キジは飛びさっていった。ランパスはさっと立ちあがった。

ほかのキジたちが警戒して、ギャーギャー鳴いたり羽ばたいたりしはじめた。もう狩りはできない。ランパスは向きを変え、ほかの作戦ができそうな静かな場所をさがすことにした。

苔が生え、ところどころ雪をかぶった古い切り株があった。そばではスノードロップの先っぽがのぞいている。切り株の後ろに身を伏せる。ここは、いいかくれ場所だ。ふわふわした生きものが通ったら、すぐさま飛びかかろう。かすかに吹く風が、ランパスのやわらかなグレーの毛をなでていく。しばらくそこに身を横たえ、獲物が来るのを待った。

しだいに日がかたむくなか、ランパスはできるだけ静かにじっとしていた。鳥たちがまたうごきはじめた。とけた雪が切り株のはしからたれる。近くの枝からときどき、雪がドサッと落ち、あたりに飛び散る。ランパスは前足で雪をたたいた。リスは来ない。そろそろ待ちきれなくなってきたころ、地面がゆれはじめた。はじめはわずかにふるえるだけだったが、地面の震動はだんだんはげしくなり、こちらに近づいてきた。もう、すぐそこまで。ランパスは起きあがった。あわてて近くの木によじ登る。低い枝にたどりついたとき、荷台のおおわれていないトラックが道をガタガタ走ってきた。排気ガスのにおいが鼻をさす。

トラックには二人の男が乗っていた。背が低く、ずんぐりした男が、両手でしっかりとハンドルをにぎっている。となりの席の男はやせていて、高い背を丸めている。ひざにおいた散弾銃の銃身がきらめく。トラックの荷台でゆられているのは、いろいろな奇妙なもの。巻いた紙、銀色の目盛盤のついたとがった棒、金属の箱に、ケーブルや針金……。

トラックが通りすぎてから、ランパスは地面におりた。まだ腹はすいているが、空き地にもどったほうが安全だろう。やがてトネリコの古木の前にさしかかったランパスは立ちどまり、幹で爪をとごうとした。そのとき、大きな黒い甲虫がのろのろと木を登っているのが目にとまった。つかまえると、前足の下でぴくぴくうごいた。口に入れてもガサゴソうごく。硬くておいしくなかったが、なにもないよりましだ。

そうして、空き地の近くまでもどってきたランパスは、異様な声に耳をそばだてた。わあわあ、きゃあきゃあ、さわぐ声。人間が悲鳴をあげたり、笑ったりしている。なにかが猛スピードで丘をすべりおりていった。女の子が声をあげた。危険な目にあっているのか、そうでないのか、ランパスにはわからなかった。

木々の間やしげみの中を歩きながら耳をすませ、なにが起きているのかさぐろうとする。

ランパスは音に気をとられ、足もとを見ていなかった。

つもった雪の下にかくれた、金属の板に気づかなかった。

パン。

ばねがはねるかすかな音がひびいた。その瞬間、体に衝撃が走った。ランパスはぱっと飛びあがったが、すぐに引きもどされ、横向きにたおれた。罠が前足にくいこんでいる。はげしい痛みが体をつらぬく。うなり声をあげて引っぱっても、ふりおとそうとしてもはずれない。脚と肩に激痛が走る。罠をくわえたり、かんだり、いろいろためしてみても、前足はそのままだ。地面につながれたするどい金属の歯は、がっちりとランパスをとらえている。なにが起きたのか、どうしてこんなことになったのか、なにひとつわからない。

とうとうランパスは冷たい雪の上に横たわった。空に闇がひろがるなか、うごけなくなったランパスは、もはや痛みと闘うこともできなかった。

13

フレッドが暖炉にまきをつんでいく。それをながめるマギーの頰は、冷たい風に当たったせいで赤くなっている。炎がゆらめき、燃えあがり、小さな居間をあたためる。ソファーにすわったマギーは、虫に食われた毛布にくるまり、あたたかなマグカップを手でつつみこむように持っていた。外はもう暗くなった。マギーは、小麦粉の団子入りの熱いシチューを二杯平らげたところだった。

フレッドは手についた灰を落とし、火のそばの椅子に落ちついた。

「マギーはきっと、すぐに車の運転ができるようになるぞ。そりと車はそんなにちがわないからな。方向を決めて、止まるときはブレーキ。ときどきハンドルをまわしたり、ブレーキをふんだりすればいい。まあ、車の場合、坂道ばかりじゃないが」

運転を教わるのはフレッドでないほうがよさそうだけど、とりあえずにっこりする。フレッドはなるべく、答えをせまる質問をさけるようにしているのが、マギーにはわかった。ときおり、ふたりの間に、心地よい沈黙がおりてくる。マギーはソファーの背に少し寄りかかると、フレッドがつくってくれた熱いココアを飲んだ。ココアは甘く、ほろ苦くて、おなかがぽかぽかあたたまった。

「あのそりはなかなかうまくいったと思うんだよ。ほかにもそういうものはあるけど、あれは傑作(けっさく)だな」

フレッドが意味ありげにマギーを見て、ウインクする。

「きみの体もばらばらにならなかったし」

「ほほほかに、どどどんなものをつ、つつ、つくったの？」

フレッドのセーターから、しわくちゃのシャツのえりがのぞいている。髪(かみ)もくしゃくしゃで、そういうところがマギーは好きだった。

フレッドは足を上げて、ゆったりとすわりなおした。あざやかな赤のアーガイル柄(がら)の靴下(くつした)は、つまさきがぬれていた。

「いつもなにかしらつくっているが、その全部が……」

フレッドはせきばらいして、言葉をつづけた。

「成功したわけじゃない。それもまあ、なにをもって成功と呼ぶかによるけれど。クロイチゴつみとり機はよかったなあ。機械仕掛(じか)けの指先すべてに、小さなペンチをつけたんだ。ぼくはジャムが好きだから、クロイチゴをたくさんとれたらいいと思ってね。ところが時間はかかるし、とげに刺(さ)されるし、ペンチに実がつまるしで、ピンチになった」

つまらないだじゃれに、あきれた顔をしたけど、思わず笑ってしまう。

「ほ、ほかは？」

フレッドは紅茶をひと口飲んだ。

「そうだねえ……。暗視ゴーグルはちょっと失敗だったな。それから、あれはなんという名前だったか……。そうそう、凧カメラは惜しかった。リモコンがうまくうごかず、このあたりをあちこち飛びまわってしまって、近所の人たちに迷惑がられたんだ。いま熱を入れているのは、もっと大がかりですごいものさ。なにしろ壮大なプロジェクトだからな。だれにも言わないと約束するかい」

フレッドに見つめられ、マギーはうなずいた。フレッドが体を少し寄せてきて、ひそひそ声で言う。

「空飛ぶ車だよ」

マギーの眉がピクッと上がった。

「空飛ぶ、くっ車？」

「ああ。飛べる乗りものをつくろうとしないやつは、発明家とは呼べないのさ」

フレッドは満足げに腕を組むと、深くすわりなおした。

「まだまだ先は長い。冬のあいだは作業が進まなくて……。とくに今年は、これまで六十三年間、経験したことのない寒さだ」

マギーの中にはたくさんの問いが生まれていた。そんな途方もないことを、どうやって思いついたのだろう。いつ空飛ぶ車に乗れるのか。車にはつばさがついているのか……。ロンドンのメスリー・ストリートでは、少なくともマギーの知るかぎり、ほとんどの家に車がない。だから、空飛ぶ車にはわくわくしたし、まったく想像がつかなかった。それで、フレッドにきいてみようとしたものの、急にどっとつかれをおぼえた。こんなときに声を出して質問するのは、ふだん以上にむずかしい。マギーはココアを飲みきり、新聞とペンを持った。そして、フレッドが途中まで解いたクロスワードパズルの上に書きこんだ。

——今日はありがとう。とっても楽しかった。いろいろよくしてくれて、それもうれしかったよ。おやすみなさい。

〃とっても楽しかった〃の下に線を引き、フレッドにわたす。

フレッドは立ちあがると、マギーを抱きしめようとするみたいに腕をのばしてきた。しかし、そうしていいのか、そうしたほうがいいのかわからないようすで、そのまま下がった。マギーはじっと待った。

「ぼくは何年も一人で暮らしてきただろ。マギーが来て、いっしょにすごせて、ここには……」

炎がゆらめき、まきがはぜる。フレッドは言葉をつないだ。

「大きな喜びがもたらされたよ」

マギーはフレッドを抱きしめた。骨ばった腕でぎゅっと抱いたら、セーターからけむりのにおいがした。フレッドも、マギーをしっかり抱きしめてくれた。

「おやすみ。また明日」

マギーは少しのあいだ、フレッドの体に腕をまわしたまま、言いたかったことを、言葉でなく伝えた。

マギーはドアを閉め、ベッドにたおれこんだ。両親の写真は、サイドテーブルのランプに立てかけてある。マギーは写真をじっと見た。こんなふうに父さんがくつろいで、楽しそうにしているところは見たことがない。この写真と同じ笑顔を自分にむける姿なんて、思い浮かべようとしてもできない。父さんがいつも堅苦しく、つかれた人になってしまったのは、いつからなのだろう。

マギーはため息をつき、寝返りをうった。そり遊びはほんとうに楽しかったが、胸の中は重苦しい。つっかえずにフレッドと話すこともできないし、いまのところなにひとつ変わってない。

〝自分にやさしくしてあげて
人として生きるのは大変なことだから〟

オークの古木の言葉がよみがえる。完全に理解できたわけではないが、その言葉はマギーの心をしずめた。胸と肩をしめつけられている感じが、いくらかやわらいだようだった。

翌日は月曜日だった。朝食を食べに一階へおりていくとき、マギーはカタツムリのびんを持っていった。起きたとき、ハリケーンの触角がだらりとしていたので、少し心配だったのだ。きのうはとても寒かったのに、窓辺にびんをおきっぱなしにしたからだろうか。ハリケーンのようすがいつもとちがうのはたしかだ。寒さのせいだといいけれど、確信はなかった。

フレッドはもう、台所のテーブルの前にすわっていた。アイロンをかけたシャツと、ひじあてのついた緑のセーターという、きのうよりきちんとしたかっこうをしている。聴診器(ちょうしんき)の黒いゴムが首まわりに見えた。

フレッドは片手にお茶のカップ、もう片方の手にトーストを持って、新聞を読んでいた。トーストにはクロイチゴのジャムがのっている。ジャムがボタッと皿に落ちた。

「フレッド、おはよう」

マギーはびんをテーブルにおき、フレッドのほうにそっとおしやった。フレッドはカップとトーストをテーブルにおいた。

「おはよう、マギー。よく眠(ねむ)れたならいいが。おやおや、なにを持ってきたのかな。陸生有肺類(りくせいゆうはいるい)、腹足綱(ふくそくこう)の軟体(なんたい)動物、ヒメリンゴマイマイか。つまり、そこらによくいるカタツムリってやつだな。きれいなカタツムリたちだねえ」

フレッドは眼鏡をかけ、びんの中に目をこらした。そして、「こいつはちょっと元気がなさそうだ」と言って、顔を上げた。

「しばらくここにおいておこうか。台所のほうがあたたかいから。新鮮(しんせん)なエサと湿(しめ)り気(け)をくわえてやれば、だいじょうぶ。庭の貯蔵庫からなにか持ってこよう」

マギーはにっこりした。フレッドはカタツムリのことをよくわかっている！

フレッドはキャベツを持って、すぐにもどってきた。

「これをあげてみて。それから、ぼくは今日、仕事に行かなきゃならない。この寒さで風邪(かぜ)をひいたり、せきがとまらなかったりする患者がたくさんいてね。五時にはもどるよ」

「ししごと？」

マギーはおどろいて、ききかえした。フレッドが出かけて、自分が一人で留守番することになるとは思っていなかった。

「診療所はトルーロのはずれにある。ここからそんなに遠くないよ。さて、医者の仕事といえば、出かけるまえにきみの手も診ておこうか」

「それ……」

包帯は黒ずんで、はしがほつれている。フレッドはゆっくりと包帯をはずした。

「順調によくなっているな。もう包帯ははずしていいだろう。あと一日か二日したら、抜糸するよ」

言いかけたところで、言葉がつかえる。声がつまり、のどをふさがれる。ぐっと頭をふりながら、どうにか最後まで言えた。

「それ……でいい」

フレッドはマギーをじっと見た。

「一人でここにいて、だいじょうぶかな？」

マギーはうなずいた。フレッドはごちゃごちゃした引き出しをあさって、ペンを出した。

「診療所の受付の電話番号を書いておくから、なにかあったら、ここにかけて。うちの電話は居間と書斎にある。居間の電話は、しまもようのひじかけ椅子のとなりだ」

フレッドが書きつけた番号をじっと見た。まえに電話をかけようとしたときは、ひとことも話せなかった。出だしすら言えないほど、ひどかった。それからずっと、受話器を持つことができない。はずかしさがどっと、胸におしよせてくる。

「だいじょうぶだね？」

フレッドがまた問いかける。マギーはできるだけ強くうなずいた。「早くもどるようにするよ」と言って、フレッドは出かけていった。

そのあとしばらくのあいだ、マギーは台所のテーブルの前にすわっていた。家の中はしんと静まりかえっている。ハリケーンのようすを見て、ほうっと深く息をつく。ああ、よかった……。ちゃんとキャベツを食べている！

マギーはぽつりともらした。

「わたしはやっぱり、どこかおかしいのかな。あなたやスピットファイアにはふつうに話せるのに、人を前にするとだめ。電話なんかぜったいに無理だよ」

電話で話すのはあまりに大変なことだ。一瞬(いっしゅん)、ベッドにしばりつけられた自分の姿が、頭に浮(う)かぶ。子どもたちがあちこちで泣いている部屋の中、ノラみたいな看護師がたくさん行ったり来たりして、「うるさい！」「静かに！」とさけぶ……。

カタツムリたちはキャベツを食べつづけている。グランビルではなく、なにかほかのことを考えようとして、窓の外に目をむけた。フレッドがつくった、おんぼろのエサ台にコマドリやヒガラやムクドリがむらがって、先を争うようにエサをついばみ、きびしい寒さの中で生きのびようとしている。

いまは朝の九時まえで、一日はまだはじまったばかりだ。そり遊びをしたい気持ちはあるけど、一人でできるのかわからなかった。また、森のオークの古木をたずねようか。木のまわりで雪遊びをするのも楽しいだろうし、秘密基地をつくってもいい。

マギーの視線は鳥たちをこえ、高い木々の立つ丘(おか)にむけられた。ふと、きのう森でふしぎな気配がしたことを思いだす。あのときマギーは感じたのだ。なにかが身をひそめ、こちらを見ている、と。

14

横向きに寝（ね）そべったランパスは、できるだけじっとしていた。少しでもうごくと、はげしい痛みが体をつらぬく。前足の裏の、刺（さ）すような痛みはもうない。黒くやわらかな肉球は、感覚がなくなっていた。毛皮は泥（どろ）と血でよごれている。

ランパスは恐怖（きょうふ）とあきらめの間をはげしくゆれながら、意識の内と外をただよっていた。奇妙（きみょう）なかたちのものや影（かげ）が、暗闇（くらやみ）の中でゆれている。あれは生きものなのか。自分をつかまえて食べるつもりなのか。それとも、助けようとしているのか。そうしたことがわからないまま、意識の外に流される。

近くで葉ずれの音がしたのは、夜が明けるころだった。目を開けて、空気のにおいをかぐ。瞳孔（どうこう）が反射的にひろがり、薄闇（うすやみ）の中、まわりのようすが見えた。体のわずかな動きさえ、いまはたえがたく、頭もうごかせない。葉のすれあう音が大きくなり、こちらに近づいてくる。強いにおいが鼻をさす。背後から動物がやってきたのだ。足の運びが重く、体高の低い、がっしりした生きものだ。

いまや、ランパスのすべての感覚は、命の灯が消えないようにするためにはたらいていた。傷ついた前足をたおしたまま、どうにか体を起こしてすわったものの、痛みにびくっとしてしまう。そのとき、黒と白のしまもようの顔が見えた。小さな耳の先が白く、鼻のとがった動物が、息を吹きかけている。ランパスはこれまでアナグマを見たことがなかった。敵意があるのか、そうでないのかがわからない。ミルクのにおいがするのは、子育て中の雌だからだろうか。

どっしりした体についた太い前足には、短くするどい爪が生えている。ランパスはじいっと、アナグマの動きに注意をむけ、顔と体が伝える言葉を読みとろうとした。アナグマは空気のにおいをかいだあと、まっすぐランパスのほうをむいた。小さな黒い目が、血に染まった前足の上で止まる。そこから、罠のするどい歯、さびたくさり、その先の杭へと、視線がうつる。

アナグマがちょっと近づいた。

ランパスはふたたび体を横たえ、頭を下げた。このアナグマが攻撃してくれれば、自分は負けると、直感でわかった。

アナグマはさらに近づいてくる。

ランパスはアナグマから目をはなさなかった。

アナグマは、傷ついた前足のそばに寄ってきた。鼻の先がランパスの毛にふれるほど近くまで。アナグマの上くちびるがめくれた瞬間、ランパスはかみつかれるのかと思い、さっと前足を引いた。くさりがガチャガチャ鳴って、アナグマが後ずさる。ランパスはかすかに威嚇の声をあげた。新たな痛みの波が脚をおそう。

アナグマはゆっくりと下がっていった。ランパスはそのまま、だらんと体を寝かせていた。しっぽを左右にふるのがせいいっぱいで、身を守りたくても、力をふりしぼれなかった。また、アナグマがそろそろとやってきた。襲いに来たわけではない。ランパスの傷をそっとなめている。罠の歯についた土や血や葉っぱを、とってくれている。

アナグマはどれくらい長く、ランパスのそばにとどまっていただろうか。すさまじい痛みに、ランパスは意識をうしなった。

目を開けたとき、アナグマはいなくなっていた。早朝の陽が木の間からさし、闇をおしやる。脚はやはり、ひどく痛む。舌は腫れあがり、かわいている。ランパスは頭をうごかして、硬くなった雪をなめた。砂と土がまじっているが、口を湿らすことができて、少しほっとした。力を使いはたしたランパスは、また頭を地面につけた。

いつまでこの痛みにたえられるのか、わからなかった。傷口はじくじくと膿んで、血のにおいがした。

15

マギーが着いたときには、森はすっかり目ざめていた。雪のつもった枝の上を、朝と昼のあいだの陽(ひ)の光がうごく。森の中の空き地にむかうあいだ、まわりでは鳥たちがにぎやかに鳴きかわし、葉ずれの音が空気にまじる。もうなじみの道なので、足どりは自然とはずむ。うろのあるオークの木はすぐに見つかった。枝をたらした古い巨木(きょぼく)は、腕(うで)をひろげて、むかえてくれているように見える。ここは秘密基地をつくるのに、ぴったりの場所だ。

長くてじょうぶな枝をさがして、空き地に目を走らせた。あたり一面、雪と霜(しも)がかがやいている。しっかりした枝を見つけるのは、思ったより大変で、マギーはいつしか、森のおくに入りこんでいた。こおった地面の上でブーツがすべる。おいしげったシダや、ハシバミのまわりをさぐる。ちょうどいい枝はなかなか見つからない。やがてマギーは、とても大きなブナの木がたおれているのに出くわした。土がついたままの根はまるで、からまった髪(かみ)のようだ。木をまたいで先に進もうとしたとき、むきだしの根の間のおくまった場所に、穴があるのに気づいた。ウサギの巣穴にしては大きい。きっと、キツネかアナグマのすみかだろう。マギーはアナグマが好きで、友好的な生きものだと思っていた。それはたぶん、『たのしい川べ』という本に出てきたアナグマがすてきだったから。ここに住んでいるのがアナグマかどうかはわからないが、とにかく邪魔(じゃま)をしたくなかったマギーは向きを変え、ほかの場所で枝をさがすことにした。

長い枝は少し見つかったものの、ほとんどは湿(しめ)っていて、簡単に折れてしまう。秘密基地はやめて、雪で砦(とりで)でもつくろうか。そう思ったときにふと、道に迷った気がして胸がさわいだ。あたりを見まわしてみたが、同じような景色がひろがっているだけ。上を見ても、なんの手がかりもない。枝の上をぴょんぴょんはねるカラスのシルエットが、あわい色の空にくっきりと浮(う)かびあがる。さわがしい鳴き声を聞きながら、パニックにおちいりそうな心をしずめる。

「よく考えなきゃ。太陽と逆の方向に行けばいいんだから……」

見当をつけてから、太陽に背をむけ、西だと思う方向に歩きだした。そして、どうやって空き地にもどったらいいのか、確信のないまま歩いていると、奇妙(きみょう)な赤いものが目にとまった。雪におおわれた白い世界で、こんな色を目にするなんて……。

「あっ……」

マギーは声をもらした。数メートル先に、銀白色の大きなネコがたおれている。ネコの体は不自然にねじれていた。用心しながら少しずつ近づくと、黒っぽい血だまりがあちこちにある。マギーははっと息をのんだ。

たおれているのは、ヒョウに似た生きものだった。おとといの夜、窓から見えたふしぎな動物。銀白色の毛と、とても長いしっぽに見おぼえがある。顔は下をむき、体がこわばっている。

その肩から、おかしな方向に曲がった前脚まで目を走らせ、マギーはまた息をのんだ。大きな金属の罠に、右足がはさまれている。罠の歯が毛皮にがっちりとくいこみ、おしつぶされた肉がふくらんだ袋のように飛びだしていた。よごれた雪の上に、重そうな金属のくさりがのびていて、その先は硬い地面に深く打ちこまれた杭につながっている。マギーは吐き気がこみあげてくるのを感じた。

ひざをついて、つぶやいた。

「なにがあったの？　このひどいものはなに？」

頬の涙をぐいとぬぐう。

いまは泣いている場合ではない。

巨大なネコみたいな生きものは目をとじたままだ。右手のミトンをさっとはずし、傷ついてないほうの手のひらを大ネコの鼻にあてた。まだ息があるといいのだけれど。

大ネコはかすかに息をしていた。早く罠をはずさないと。目をそむけたかったが、罠をじっと見た。

鉄のフライパンのような罠には、持ち手みたいに二本のスチールの棒がついている。このどこかに、歯をひらくしかけがあるはず。こんなものにはさまれたら、どんなに痛いだろう。罠の金具をいじれば、はずれそうだけど……。マギー、急いで……。しっかり考えて……。はげしく打つ胸の音が、耳のおくで鳴りひびく。落ちついて、よく考えて……。マギーはこらえきれなくなって、立ちあがった。

「フレッドの小屋だったら、こういうのを切れる道具があるかも」

マギーはくるっと後ろをむいたが、そこにも同じような景色がひろがっていた。いったい、どちらに進めばいいのか……。

マギーは思わず、さけんだ。

「どっちに行けばいいのー！」

森の中を冷たい風が吹きぬけた。木々がゆれて、太古の音楽の低音がひびく。つぎの瞬間、マギーは本能のまま走りだした。枝や丸太を飛びこえ、低木やしげみの間をぬって、できるだけまっすぐ進む。目には見えず、名づけることもできず、存在するかもわからないものを信じ、ただひたすらに走りつづける。

そうしてついに、下生えをぬけたところで、記憶にある道にぶつかった。いまいる場所がわかって、ほっとする。マギーはとっさに思った。ここをおぼえておかないと、二度と大ネコを見つけられなくなってしまう。よし……！　赤い毛糸の帽子を道に落とし、森のはしにむかってかけだした。小川をこえ、フレッドの小屋をめざして。

小屋につくと、重い木の戸は閉まっていたが、鍵はかかっていなかった。中はちらかっていて、どこからさがせばいいのかわからない。つくりかけの作品があちこちにあり、シーツがかかっていたりして、機械の部品、針金、エンジン、工具などが転がっている。マギーは夢中でさがしまわった。

「はさみやねじ回しじゃ無理でしょ。ハンマーは……役にたたないかな。自転車のチェーンやペダルもだめだし、ほうきの柄なんかぜったい使えないし……。ああ、なにかありそうなのに！」

マギーは壁を見た。ひもやロープやフックのさらに上の、とても高い場所に棚がある。棚にのっているものまでは見えない。作業台によじ登り、体をのばしてのぞきこんだら、釘やねじの入った箱が見えた。作業台から飛びおりて、今度は台の下の木箱をはしから、ものすごいいきおいで見ていく。この箱の中身は、油のしみこんだ布……。つぎの箱は植木ばさみだけど、それでなんとかなるとも思えない。

ふと、外につづく戸に目をとめた。戸の上のフックに高枝切りばさみがかかっている。長い柄の先についた、小さくて重そうなはさみ。あれだったら、うまくいくかも！　シャベルでつつくうちに、高枝切りばさみはフックからはずれ、音をたてて床に落ちた。これで罠を切れそうだと思ったところで気づく。罠がはずれたあとは、傷の手当てをしなきゃいけない。水とバケツ……消毒薬と、あとは……。どこかで救急箱を見なかったっけ。作業台の下の箱をもう一度あさると、大きな黒いブリキの箱があった。〈救急セット〉と書いてある。中には包帯とピンセットしかなかったが、どうにか間に合わせるしかない。

マギーは、手に持ったものを落とさないように気をつけながら、小川をわたった。川には細い木の板がわたしてあるだけだったから、あやうくすべり落ちそうになった。川をわたったらバケツに水を入れ、半分歩いて半分走っている感じで、できるだけ急いで森にもどった。荷物の重みで、けがをしているほうの手がずきずきと痛みだす。氷のように冷たい水がはねて、まわりにこぼれる。すっかり汗をかいて、目印の帽子のところまでもどると、そこからは道を離れて森のおくへと進む。

大ネコはさっきとまったく同じ場所にいた。

やっぱり目をとじている。

マギーの胸の中で心臓がはげしく打つ。

「もどってきたよ。罠はぜったいにはずすからね」

マギーは罠の上部や側面をさわってみた。どこを切ればいいのだろう。スチールでできた二本の棒をたどると、バネがある。このバネが歯を動かすのだろうか。きっと、そうにちがいない。ミトンをはずした手で、高枝切りばさみをにぎる。柄が長くて、あつかいづらいが、刃は簡単にひらいた。なるべくしっかりと持ち、バネのあたりをはさんで、思いきり力をこめる。

どうか、罠がはずれますように！

なにも変わらない。

もう一度やってみた。ひじから手首までの筋肉がつっぱるのを感じながら、肩にぐっと力を入れ、何度もはさみをうごかしたけれど、さびたスチールにかすかな傷がついただけだ。そのあともくりかえしやってみた。全身の力をこめて、頬を赤くして。しかし、どれほど必死にやっても、スチールは切れそうにない。

マギーはいらだち、高枝切りばさみを放りだした。

大ネコはまだうごかない。

「待っててね。わたしを信じて」

そっと言葉をかけてから、手とひざをまた地面につけた。なにか方法があるはずなのに、思いは頭の中をぐるぐるまわり、いつまでもどこにも行きつかない。猟師はどうやってこの罠をはずすのか。罠に手をのばし、どういうしくみでうごくのか、もう一度考えてみる。フレッドがここにいれば……。

もどかしくてたまらず、スチールの棒を何度もなでた。

「これがバネで、いまはのびているでしょ。マギー、よく考えて。バネがのびているってことは、どうにかしたらちぢむはずなんだけど」

バネのかたちをじっくりと見て、どんなふうにちぢむのか思いえがいてみる。

「この輪っかはなにかな……。あ、うごいた！」

二本の棒をまとめている鉄の輪をうごかしていくと、まるでトングのように、二本のひらきぐあいが変わり、罠の歯がわずかにひらく。マギーはさらに力をふりしぼって輪をうごかし、罠をはずそうとした。

16

冷たい水が顔にかかる。ここは水の中だろうか。なにかの音が遠くに聞こえる。まぶたをわずかにうごかした。顔にまた水がかかって、はっとする。鼻に水が入り、せきこんで目を開けた。ここは森で、ランパスははげしい苦痛の中にいた。

ぼやけた世界がだんだんはっきり見えてくる。鼻の穴をふくらませて、目をこらす。すぐそばに、子どもの姿が見えた。空き地にいた女の子だ。その子は手にバケツを持ち、しゃがみこんでいた。ランパスはなんとか体を起こし、女の子から離(はな)れようとしたが、その瞬間(しゅんかん)、脚(あし)に強烈(きょうれつ)な痛みが走った。びくっとして下を見ると、前足に包帯が巻かれていた。すぐに、口ではずそうとした。女の子がなにか言っている。静かな、おだやかな声だ。ランパスは包帯を引っぱるのをやめて、女の子を見た。女の子はバケツを前におしやり、ゆっくりとランパスのほうにかたむけた。

バケツのふちのにおいをかぎ、首をつっこむ。きれいな冷たい水だ。ランパスは夢中で水を飲んだ。ピンクの長い舌が水にふれて、ぴちゃぴちゃと音をたてた。水はきりりと冷たく、とてもおいしい。水を飲みおえたランパスが顔を上げると、ひげやあごから水がたれた。女の子はこちらをじっと見ている。ためらいながら、ランパスも視線を返す。女の子の目は危険な感じではない。昔、ランパスが生まれたとき、そばにいた人間と似たにおいがする。やさしげな茶色の目や、おずおずとうごかすやわらかな手で、大切にあつかおうとしてくれているのがわかった。

「そうだよ、このままじっとしてて。わたしはあなたを傷つけないから。あなたを助けたくて、ここに来たの」

女の子がゆっくりと手をのばす。やさしい声で話しかける。この声は好きだ。そのあと、女の子は身をのりだした。動きが少し急だったので、ランパスは足を引きずりながら後ろに下がった。だれにも体をさわられたくない。それに、またどこかに連れていかれるのもいやだった。まえに、森の中をトラックが走っているのを見た。近くで車が待ちかまえているのかもしれないと、ランパスは思った。

女の子がさらに近づいてきた。こんなふうに前足をけがしていて、身を守れるのか……。それに、女の子がなにをしようとしているのかもわからないから、ひとまず逃げたほうがいい。ランパスは傷ついた前足を折って、胸の下に入れた。

「だめ！　うごかないで！」

女の子が声を張って言う。この声は好きではない。体重のかけ方がわかったら、すばやくうごくことができて、ランパスはぱっとかけだした。女の子はあっという間に、はるか後ろに遠ざかった。

そうしてランパスはふたたび、空き地までもどってきた。この古いオークの木だけが、ランパスに見つけることのできたかくれがであり、安心して休める場所だった。太陽は空高くのぼっている。あたためられた雪が、地面の上でかがやいている。空気のにおいをかいでみた。あたりにはだれもいない。少なくともいまはランパスしかいない。

けがをした足で木に登るのは、簡単ではなかった。傷のないほうの足で木の皮をつかむのはうまくいったものの、いまのランパスには体を持ちあげる力がない。いろいろやってみたあとでなんとか、地面の近くまでたれた太い枝に登り、しっぽでバランスをとりつつ、木のうろまでたどりついた。

厚い樹皮のおくの、薄暗(うすぐら)いうろの中はほっとする。心が少し落ちついて、また包帯をいじりはじめた。包帯のはしを歯で引っぱる。包帯はすぐにゆるんで、体をふったら落ちた。腫(は)れた前足の両側には、深い傷がのこっている。ざっくりと肉が裂(さ)け、よごれている。砂や鉄さびのついた傷あとを、そっとなめた。そして傷がきれいになると、歳(とし)をかさねた木の内部の、やわらかな部分に頭をのせ、目をとじた。

奇妙(きみょう)な物音がして、目がさめた。コツン……トンッ……という音がかすかに聞こえる。なにかが幹に当たったみたいな音だ。早くどこかに行って、静かになってほしい。ランパスは本能的に、体を伏(ふ)せた。音はやまない。コツン……トンッ……。コツン……トンッ……。

そおっと頭を上げ、ブルーグレーの目でうろのふちからのぞいてみる。あやしいものや人影(ひとかげ)はない。しかし、つぎの瞬間(しゅんかん)、ランパスはなにかのにおいをとらえた。鼻の穴がふくらむ。肉のにおいだ！

でも、ミートボールとはちがう。ランパスは頭をちょっと上げた。すると、女の子が見えた。なにかの獲物を皿にのせ、木のほうへゆっくりと近づいてくる。女の子はそっと、皿を地面におくと、後ろに下がった。

ランパスはまた、あたりのにおいをかいだ。落ちつけるかくれがから出ていいものなのかわからなかったが、おなかがすいていたし、食べものがすぐそばにある。

木のうろを出て、傷ついた前足に体重をかけないように気をつけながら、低くたれた枝をつたって歩く。しっぽをうごかし、どうにかバランスをとろうとする。足を引きずって皿のそばまで行き、においをかぐ。死んだキジだ。ランパスはちらりと女の子を見た。女の子は空き地の反対側で、あぐらをかいてすわっていた。赤い帽子をかぶり、ひざに手をのせている。

ランパスはキジのほうへむきなおった。肉を引きちぎり、かみしめ、骨をくだく。できるだけたくさん口に入れ、羽根をはきだす。キジはおいしかった。ミートボールほどではないが、空腹でいるよりいい。

17

マギーは、オークの幹に二個目の小石をぶつけてみた。血のあとをたどって、ここまでくるのは簡単だったけど、大ネコはもういないのかもしれない。マギーが家から食べものをとってくるあいだに、ほかの場所に行ってしまったのかもしれなかった。しかし、三個目の小石をなげようとしたとき、先だけ黒い小さな耳が、木のうろのふちからのぞいた。それから後頭部が見えた。マギーの心臓がぐるぐるとまわりだし、火花と光を放ちはじめる。おそれと胸の高鳴りを感じる。進化の地図にきざまれた神経細胞(さいぼう)のひとつひとつがうずき、マギーにつげる。この美しく、すばらしい生きものは、危険でもあると。

キジの死骸(しがい)を地面におき、後ろに下がった。フレッドの貯蔵庫につるしてあったキジを持ってきたのだ。すべすべした冷たい羽にふれるのはぞっとしたが、大ネコにあげる食べものを、ほかに思いつかなかった。

大ネコが警戒(けいかい)したようすで、うろの中からゆっくりと出てきた。マギーは息をつめたまま、雄(おす)ネコの動きに目をうばわれた。まったく、わけがわからなかった。あきらかに、ふつうのネコではない。

体がずいぶんと大きいし、毛はふさふさしていて、銀色にかがやいている。それに、こんなしっぽは見たことがなかった。体のほかの部分にくらべ、あまりに長すぎる。前足もとんでもなく大きい。まだ成長している途中なのだろう。体のあちこちが、自分でもうまくあつかえないほど大きいのに、子ネコみたいなところがあって……。人によくなれているわけではなく、でも、完全な野生という感じもしない。チーターでないのはたしかだった。チーターだったら、もっとやせていて、黄色の毛をしているはずだから。だけど、ヒョウの毛の色でもないような……。シルバーグレーのヒョウを小さくしたというのが、この動物をあらわすのにぴったりなのだけれど。いったいなんの動物で、どうしてコーンウォールの森にくることになったのか。なにもかもがふしぎだった。

キジはあっという間に、骨をくだかれ肉を裂かれ、ぐちゃぐちゃになった。紫がかった肉と羽根がそこらじゅうにちらばっている。つぎはどこで、鳥の死骸を見つければいいだろう。道でこのキジを見つけたとフレッドは言っていた気がするが、はっきりとはおぼえてない。大ネコは口のはしをなめた。それから、ちらっとマギーを見た。目があった瞬間、マギーは、ひじから手首までの肌がぴりぴりする感覚をおぼえた。マギーのことを信じたいけど、心からそうすることができない。それを視線から感じる。その目にあふれていたのは無言の言葉であり、声にできない言葉だった。大ネコが目をそらした。いまにも走りだそうとするように、空き地を見わたす。大ネコがとまどっているのが、マギーにはわかった。どこに行けばいいのかわからず、困っているみたいだ。そのあとも大ネコは逃げなかった。

マギーはあぐらをかいて、ひざに手をおき、その場でじっとしていた。急にうごいてこわがらせたくなかったから、硬く冷たい地面にそのまますわりつづけた。さっきみたいに、いきなりさわろうとするのはさけて、離れた場所から大ネコを観察する。

大ネコは木の根もとをぐるぐるまわったあと、場所を決めて寝そべった。ふしくれだった太い根の間に、身を横たえる。視線がこちらにむいてなくとも、自分たちが同じくらい注意深く相手を見ているのがわかる。やがて、大ネコは目を半開きにしたまま、まどろんだ。ときどき、銀白色のしっぽをパタパタさせている。そのうちに少しくつろいで、あたたかなマフラーのように、しっぽを体のまわりに巻きつけた。

大ネコがあくびをしたら、白くかがやく歯が見えた。とがった牙にどきりとする。大ネコのことはもっとこわがったほうがいいと思ったし、たしかにおそれを感じていたけれど、なにより強くわきあがっていたのは畏敬の念だ。なにもかもがすばらしく美しい生きものだったから。

午後の光が薄れていく。マギーの鼻は赤くなり、冷たくなった指先が痛んだ。大ネコが起きあがって、のびをした。足を引きずり、音もたてずにゆっくりと、うろの中にもどっていく。

マギーも立ちあがった。長い時間すわっていたから、ひざがこわばっている。脚のしびれをふりはらい、オークの木を見つめる。早くあたたかな家に帰ってフレッドに会いたい自分と、大ネコのそばを離れず、このままここで夜を明かしたい自分の両方がいた。

「明日また来るね。それまでここにいてね」

マギーはつぶやいた。なごりおしく、家へとむかう。

どっと吹いた風が、頭上の枝をふるわせる。空き地を出たあと、立ちどまって空をあおいだ。太陽がしずんだばかりで、冬空にのこっていたいくすじかの色が、いまにも消えようとしていた。木々がゆれ、一瞬、時が止まり、べつの時間軸にとめおかれる。そのとき、なにかが聞こえた。音とも言えぬほどかすかな、ふしぎな振動を感じたような……。ううん、きっと気のせいだ。マギーは首をふった。帽子を引っぱって耳をおおい、また歩きはじめる。フレッドももうすぐ帰ってくるだろう。今日あったことを、早く話したくてたまらなかった。


裏口から中に入ったとたん、マギーは足を止めた。ドアが少し開いていたのがふしぎだった。きちんと閉めておいたはずなのに……。こんな寒い日に、戸を開けっぱなしにして出かけるわけがない。暗い部屋の中はひっそりとしていて、不気味だった。ブーツをぬごうとしたところで、ふと、動きを止める。はっと息をのむ。

だれかが家にいる。

アドレナリンが出て、血が全身をかけめぐる。危険な目にあい、助けを呼びたいのに声が出ない夢をときどき見るけど、いまはまさにそんな感じで、そしたら、かすかに音が聞こえた。居間のどこかから聞こえてきたのだろうか。それとも台所から？　ふつうの物音ではない。壁に耳をつけると、紙をガサガサあさっているような音がする。さけび声をあげようとしたほうがいいのか。それで逃げてくれたらいいけど、こちらにむかってきたら困る。

マギーは家の外に出た。フレッドのランドローバーがもどってきてないかと思い、忍び足で家の正面まで行く。庭に車はなかった。前庭をかこっている石壁の後ろにしゃがむ。暗すぎて、家の中のようすはわからない。もっと窓のそばに寄らないと。

居間の窓に面した花壇の近くまで、じりじりと進んだ。雪は少しとけていたが、バラの花壇はほとんど雪におおわれていて、その下にはとげがかくれていたから、ひっかからないようにしながら窓に近づくのは簡単ではなかった。室内の窓台の向こうのようすをうかがう。ミトンをはめた手で目のまわりをかこい、ゆっくりとのぞきこむ。窓ガラスに鼻をおしつけると、氷のように冷たい。

部屋の中には男がいた。懐中電灯を持ち、フレッドの机の上にかがみこんでいる。背が低く、肩幅のひろい男だ。すると突然、マギーは光に照らされた。男がこちらをじっと見ている。マギーはさっと頭を下げた。

なにかがぶつかった音がして、騒々しい足音がつづく。はっきり姿を見られたにちがいない。男がむかってくると思って、マギーは走りだした。ブーツの底が庭の砂利を打ち、氷の上ですべる。ものすごいいきおいで足と腕をうごかす。こんなに速く走ったことは、これまでないくらい。門についてからふりむくと、走ってくる男の姿がぼんやりと見えた。ぜったいにつかまりたくなかったから、くるっと前をむき、通りに飛びだす。

マギーはそのまま走りつづけた。そして、角を曲がってくる車のヘッドライトを見たときはほっとして、胸がはちきれそうになった。フレッドがランドローバーの窓から身をのりだしている。

「マギーか？　こんなところでなにをしているんだい」

助手席にすべりこみ、手をめちゃくちゃにふりまわしながら門を指さす。マギーの頬（ほお）は赤く、熱くなっていた。言葉がまったく出てこない。

「だいじょうぶか。まさか、けがでもしたんじゃ……」

マギーは首をふり、また門を指さした。

「あそこに行けばいいんだね？」

マギーははげしくうなずいた。フレッドは車を走らせた。マギーは体を前にのばし、ダッシュボードをつかんで、暗闇（くらやみ）に目をこらした。男の姿はどこにもない。

車が家についたら、フレッドを裏口に連れていった。電気を全部つけて、大きな足音をたてて、家の中に入っていく。居間にあるフレッドの机をじっくりとながめた。フレッドが出かけていったときと同じように、きれいにかたづいている。マギーはあたりを見まわした。書類棚（だな）にも変わったようすはない。

「マギー、いったい、なにがあったんだい」

困惑（こんわく）しているフレッドに答えようとして、頭をぐっと後ろに引いた。

「どどどろ……」

言葉がつかえて出てこない。マギーはいらいらしながらペンをとった。

――泥棒が入ったの。男の人が部屋をあさってた。

フレッドは身をかがめて、マギーが書いた文字に目をこらした。つぎの瞬間、心配そうな表情が顔に浮かんだ。フレッドは片ひざをついて、大きな書類棚のいちばん下の引き出しを開けた。なにやらぶつぶつつぶやいて、ファイルをつぎつぎと見ている。そして〈病歴　ローズマリオン〉というラベルを見つけると、ぱっとファイルをひらいた。中はからだった。

「信じがたいことだが、だれのさしがねかはわかっている」

フレッドは立ちあがり、マギーの肩にそっと手をおいた。そのままぎゅっと力をこめてから、言葉をつづける。

「マギー、おいで。なにか飲みながら話そう」

18

ランパスは木のうろの中にいた。日が暮れて、寒くなった。夢にロージーが出てきた。登り棒の上のほうにロージーがいる。ランパスはロージーに飛びかかったけれど、そこに二匹分のスペースはない。二匹は前足やしっぽがからまったまま、ひとかたまりになって落ちた。床の上でじゃれあい、とつくみあう。おさえこまれそうになったところを、なんとかのがれる。二匹はデパートにいた。ペット・キングダムかと思ったが、そうではない。そのとき突然、ロージーの姿が消えた。

ランパスはロージーをさがした。でも、ロージーはどこにもいなかった。

19

二人は台所のテーブルの前にすわって、あわただしくスープを飲んだ。フレッドはマギーのために、はちみつをたらしたお茶をいれてくれた。ハーブや花の入ったお茶は変わった味がしたが、飲んでいるうちに好きになり、心が落ちついた。はげしい鼓動が、しだいにおさまっていく。フレッドは自分用にスコッチウイスキーをついだ。

「村を通ってここに来たとき、大きな屋敷を見ただろう。そこに住んでいるフォイ卿は、このあたりの土地の大部分を持っている。ワイルドオークの森もフォイ卿のものだ。フォイ卿は、木を全部切りたおしたいと思っているんだよ」

声をとがらせて、フレッドは話をつづけた。

「森には金脈が……いや、金ではなく銅だが、とにかくお宝が眠っていると思ってるんだ」

「どどど銅?」

フレッドはウイスキーをひと口すすってから、ため息をついた。

「ああ、銅がたしかにうまっている。銅は富をもたらすが、掘りだした人の体をむしばむ。なくなったファイルには、この近くの鉱山でヒ素の毒におかされ、ぼくが長年診てきた患者の記録が入っていた。元気になった患者もいるけど、そうならなかった人もいた」

「じゃあ、わたしのみっ見たのがフォイ……卿のて、てて手下だとして……なんでフォイ……卿はファイルをぬすませたの？」

「去年、フォイ卿を止めようとしたからだよ。苦しむ患者を見て、そうしなければと思ったし、ワイルドオークの森も守りたくて……。ぼくはあの森が好きなんだ。ワイルドオークはイギリス南西部にのこっている、最後の太古の森のひとつで、何百年と歳をかさねたニレやブナの木がある。とんでもなく大きなオークの木は、千年以上生きてるんじゃないかな。あの木は古代ローマ人や、バイキングや、あらゆる戦争を見てきて、まだしっかりと立っている。森にはモリフクロウも、ハイタカも、ナイチンゲールも、アナグマも、ハリネズミもいるし、ランとかジギタリスとか、野生の花がたくさんさいていて、いろいろな蝶が集まってくる」

話しているうちにフレッドの顔がいきいきしてくるのを、マギーはじっと見つめていた。

「アリオンゴマシジミという青い蝶の生息地は、イギリスにほんのわずかしかないと言われている。そのひとつが、ワイルドオークの森のはしにあるんだよ！　いまは絶滅の危機にひんしているんだけど……」

フレッドは指でグラスをたたいた。

「蝶が一種、絶滅したからといって、それを気にする人なんてどこにいる？」

「わたしは気にするよ」

フレッドはマギーを見た。しわの寄った目もとがやさしそうだ。

「そうだろうな」

マギーは手でカップをつつんだ。

「フォイ……卿をととと止めようとしたの？　ど、どどど、どどど、どうやって？」

「去年、この地域で委員会をつくり、銅をとることの危険性と、ぼくが診た患者の話をしたんだ。患者の病歴にかんする書類はその証拠だった。去年からずっと、しつこくつきまとわれてきたが、まさかここまでされるとは……」

「つ、つつ、つきまとう？」

「ああ。はじめはぼくを買収しようとした。クリスマスの贈りものとか言って、スコットランドにある広大な私有地で狩りをさせてくれると。もちろん、ぼくは狩りをしないがね。そのあとフォイ卿は、ぼくがまあ……感謝してないのに気づいて、べつの作戦に切りかえた。ぼくの記憶があやしくなっているというデマを、トルーロ新聞にながさせたのさ。まちがえた薬を処方しかねない医者のところに行くなんて、自分の命を危険にさらす行為だって。まったくバカげた話だけど、診療所の評判は傷つきかねない」

フレッドは首をふった。

「けっ警察を、よよ呼ぼうよ」

フレッドは少し考えてから答えた。

「証人はきみだけだ。ぼくが自分でファイルをなくしたのではなく、だれかにぬすまれたという証拠はほかにないからね。それに……」

フレッドは肩を落としてつづけた。

「委員会には法的な力がないんだよ。森の中には公共の道があり、だれでも通っていいことになっていても、法律上はフォイ卿の土地だから、結局あいつが好きなようにできる」

「きっ木を全部、きっ切るなんてだ、だだだ、だめ」

怒りがこみあげてきて、胸がしめつけられる。それに、不安も感じた。そうしたら、あのヒョウみたいな動物はどうなってしまうのだろう。オークの古木も切られてしまうのだろうか。

フレッドはウイスキーの最後のひと口を飲みきった。グラスの中で氷が音をたてる。

「でも、フォイ卿にはそれができるし、そうすると、ぼくは思ってる」

「フレッド？」

一瞬、口をつぐんでから、言葉をつづける。どうしても言わなければいけないと思って。

「ヒョウみたいなのが今日、ひひひどい罠にか、かか、かかってた」

フレッドがつかれたようすで問いかける。

「どんな罠だ？　なにが罠にかかっていたって？」

「ヒョウのまっ前足が、金属の歯にはさまってて、ぞっとした」

フレッドは困惑(こんわく)した顔で首をふった。

「それで、マギーはどうしたんだい。その動物はだいじょうぶだったのかな」

「罠(わな)ははずしたけど、ざっくりきっ切れてた。あし、明日いっしょに行って、みっ診(み)てくれる?」

フレッドは目をこすった。

「もちろんだよ。きみがそうしたいなら。明日の朝いちばんに見にいこう。だけど、九時までに診療所(しんりょうじょ)に行かないといけないから、長居はできないよ。それで……」

フレッドはちょっとだまってから、口をひらいた。

「なんの動物って言ったかな」

「ヒョウだよ」

フレッドは立ちあがって、グラスを流しに持っていった。

「それはありえないな。なんの動物かはわからないが、ヒョウのはずがない」

「ヒョウだったの。おお大きくって、ぶ、ぶぶ、ぶちの、もっもようで、長いしっぽがついてて」

「マギー、ヒョウはワイルドオークの森にはいない。このあたりにはすんでないんだよ。きっと野生に近い、太ったネコだろう。とにかく、明日連れていってくれ。罠(わな)も回収したほうがいいな。さ、もう寝(ね)る時間はすぎてるぞ。おやすみ、マギー」

フレッドはやさしく言って、電気を消した。マギーはくちびるをかんだ。フレッドにはどうしても信じてほしい。

だけど、マギーはただ、「おやすみなさい」と言った。明日の朝いちばんに、大ネコのところに連れていこう。そうしたらフレッドにもわかる。

つぎの朝、フレッドが裏口にあらわれたとき、マギーは、コートと帽子とブーツで身支度をすませて待っていた。

マギーの帽子のポンポンをさわって、フレッドが言う。

「じゃあ、行こう」

白い息を吐き、木にかこまれた細い道を急ぐ。空き地に近づくと、マギーはペースをおとした。フレッドにむかってささやく。

「あの、あの子はおお大きな木のうろに、かっかくれてるの。静かにしてると、でっ出てくるよ」

二人は少しのあいだ、空き地のはしでしゃがんでいた。マギーはうろのふちをじっと見た。きっと、きのうみたいに、大ネコはあそこから出てくるはず。フレッドをちらっと見ると、とまどったような視線が返ってきた。そのあともなにも起こらない。マギーはくちびるに指をあてて、そっと木に近づいた。こおった雪をブーツの底が打つ。

幹に足をかけて登り、うろの中をのぞいてみた。

「ほんとにいたのに」

どうしても信じられず、からっぽのうろを見つめる。

「マギー、もう仕事に行かないと」

「わかった」

あたりを見まわしても、大ネコの姿はどこにもない。

「罠だけでも、みっ見て」

フレッドは迷っているように、時計を見た。

「五分だけだよ。そのあとは、ほんとにもう行かないと」

「ほんとに、すすすぐそ、そ……近くだから」

野バラのしげみをかきわけ、根のからまった倒木を通りすぎ、罠のところまでフレッドを連れていく。

「みっ見て。嘘じゃなかったでしょ」

マギーは血に染まった雪と、さびた罠を指さした。すてられた奇妙なフライパンのようなかたちで、罠はきのうとまったく同じ場所にあった。するどい歯にはさまれ、肉の飛びだした前足が目に浮かんで、思わず身震いしてしまう。

フレッドは地面にひざをついた。

「信じられないな。こういう罠は、数年まえに禁止されたのに。まったく、ひどすぎる」

おどろいた声をもらしながら、注意深く罠をひっくりかえす。

「なんて残酷な……。いったい、だれがこんなものを……」

あたりを見まわしたフレッドは、自分の高枝切りばさみが転がっているのに気づいた。フレッドの視線の先を見て、マギーはあわてて言った。

「あれはつ、つつ使わなかった。ごっごめんなさい……」

話しているうちに、声が小さくなっていく。ひざについた土をはらって、フレッドが立ちあがった。

「いいんだよ」

高枝切りばさみをひろい、ちょっとだまってから、言葉をつづける。

「マギー、ぼくは怒ってないよ。きみが困っている動物を助けたのはたしかだし、すばらしいことをしたと思ってる。きっと、野性的なネコだろうね。この近くにチャーリー・ティンブリルの農場があって、野生に近いネコがわんさかいるんだよ。その一匹が罠にかかったんじゃないかな。ぶじに家に帰れたならいいけど」

マギーはポケットに手をつっこんだ。

「ほんとに、すすすごくおお大きかったの。あれはチャ……」

べつの言葉をさがし、話をつづける。

「農場のネ、ネネ、ネコッなんかじゃない」

フレッドはマギーの肩に手をおいた。冷たい空気にふれてうるんだライトブルーの目を、しかとマギーにむけている。

「マギー、コーンウォールにヒョウはいない。よし……じゃあ行こうか。この罠は持っていこう。

「ぼくはもう仕事に行くよ」

二人はだまって家にむかった。マギーはフレッドの少し後ろを歩いた。確信のある言い方に、フレッドが正しいのかもしれないと思いはじめていた。だけど、ブルーグレーの目、ぶちのもよう、ふさふさしたしっぽと大きな前足……。ぜったいにふつうのネコではない。自分はこの目で、たしかに見たのだから。

家にもどると、マギーは台所でシリアルをボウルに入れた。泥棒が入ったばかりの家に一人でいるのは、内心、気が進まなかったが、大ネコのことを一人で考えたり、調べたりしたい気持ちもあった。

「窓もドアも全部鍵をかけたからね。マギー、ほんとにだいじょうぶかい……?」

フレッドが出がけに声をかける。マギーは答えた。

「うん。やるこっこともあるし。べ、べべ、勉強がおおおくれると、ととと父さんになにか言われそうだから」

それは半分、ほんとうだった。フレッドはうなずいて、手をふって出ていった。

ランドローバーがにぎやかな音をたててうごきだし、ガタガタと庭を走っていく。シリアルを食べおえたマギーは、居間にむかった。こんなふうに曇った日は、部屋の中も薄暗い。照明をいくつかつけて、フレッドの机の後ろの壁にとりつけられた本棚のところに行った。木や鳥や自然にかんする本がいっぱいならんでいる。航空学の本もあるし、第一次世界大戦についての本もたくさんあった。

一瞬、フレッドと父さんのことが頭に浮かぶ。戦争の話がきっかけでけんかしたというが、二人ともイギリスの味方だったはず。それなら、どうしてこんなにこじれてしまったのだろう。そこまで考えたところで、ほこりをかぶったブリタニカ百科事典が目にとまって、考えがそれた。床にひざをつき、ぼろぼろの黒い事典のページをめくっていく。

「あ、あった」

ページに書かれた説明に、さっと目を走らせた。

ヒョウ(ヒョウ属) ライオン、トラ、ジャガーに近い大型ネコ科動物。別種のチーターと、しばしば混同されてきた。チーターは、ライオンとヒョウの異種交配だと考えられていたこともある。

いっしょうけんめい読みながら、大ネコの姿を思いだす。大ネコの毛皮は黄色ではなかったし、この挿絵とも少しちがう。ここに描かれているヒョウのしっぽは、もっと細い。だけど、ほかの部分はよく似ている。小さな丸い耳とか、頭のかたちとか。でも、やっぱりちょっとちがうような……。

ユキヒョウやウンピョウはヒョウという名がついているものの、共通祖先から分岐した、ヒョウとはべつの種である。

「共通祖先から分岐したって、どういうこと？　それから、ユキヒョウってなんだろう」

胸の鼓動が速まる。マギーは先を読みすすめた。

ユキヒョウは、長毛の毛皮をもつ大型ネコ科動物。アジアに生息し、ヒョウ属に分類される。やわらかな毛皮は、密に生えた下毛と、ふさふさした上毛から成る。灰白色の毛皮には、梅花状の黒斑がある。下毛は一面クリーム色。体長一～一・五メートル。しっぽの長さは一メートル程度。

灰白色の毛皮に長いしっぽとは、あの大ネコとまるで同じだ。ユキヒョウの説明を、念のためもう一度読んでから、満足してパタンと事典をとじた。大ネコはユキヒョウでまちがいない。

腹の底で確信があわだつ。やはり、農場のネコなどではなかった。急いで事典を棚にもどしてから、フレッドの冷凍庫を見てみることにした。マギーはまた、大ネコを待ちぶせるつもりだった。今度はエサを持って。

まだ新しい冷凍庫を、フレッドはとても大事にしている。とびらを開けると、ひき肉のパイやマッシュポテトをつめた入れものの間に、ステーキというラベルのついた容器を見つけた。中には、ずっしりした肉のかたまりが入っている。理想的なエサではないが、ためす価値はある。

ステーキの容器をわきの下にはさみ、コートとブーツをつかんで家を飛びだした。森の小道を途中

まで進んだところで、ふしぎなものが目のはしにうつった。白い雪と茶色い土の上で、あざやかな青いものがちらちら光っている。立ちどまり、近づいてみると、宝石のようだ。これはトルコ石かな？地面にひざをつき、雪をかぶって湿った枝や葉をどけた。宝石は動物の首輪みたいなものについている。首輪のはしはちぎれ、ぼろぼろになっていた。

マギーは、首輪についた金属の名札にふれた。ほほえんで、そっとつぶやく。

「ランパス……。あなたの名前はランパスね」

20

森に来てからの数日間を、ランパスはひとまずのりきった。寒さはまったく気にならないし、古い木のうろの中で寝るのは心地よい。しかし、ここで獲物をつかまえるのは大変だった。リスたちは、あっという間に逃げてしまう。ウサギが地上にいることはめったにない。身をかがめてしのびよるとき、どれほどそっとうごいても、あいかわらず痛む前足のせいで、狩りはうまくいかなかった。ここは、なにもかもがペット・キングダムとはちがう。どんなにがんばっても、学ばなければならないことがたくさんある。

朝、ランパスが木のうろにもどろうとしたら、女の子のにおいがして、声が聞こえてきた。女の子は髪の白い男といっしょだった。警戒したランパスはかくれた。二人がいなくなるまで、遠くから観察していた。

そして、いま、女の子がもどってきた。

女の子が空き地に入ってきて、オークの木の根もとにボウルをおく。ランパスは近くのイチイの枝の上から見ていた。女の子はオークの木から離れ、きのうと同じ場所にすわった。ランパスはしっぽをパタパタさせた。鼻の穴がふくらむ。おいしそうなにおいがする。生肉のにおいだ。やっとミートボールにありつけるのかな？　ランパスは木の枝からするするとおりた。少しだけ近くに、そろそろと寄る。肉のにおいが強くなった。自分の姿を見せていいものかわからなかったが、もうがまんできない。下生えをゆらし、足を引きずって歩く。

ボウルに近づいて、においをかぐ。そのあと、硬く冷たいステーキ肉をがつがつと食べた。角氷のようにかみくだく。ひと口ものこさず食べつくすと、ボウルをきれいになめた。

女の子はいつもの場所に、静かにすわっている。けして音をたてない。ランパスはその姿をじっと見た。女の子のすわり方、やさしげな口もと、肩のかたちや視線……。

ランパスは思いきって、女の子のほうへ、ゆっくりと歩を進めた。女の子はぴたりと動きを止めたままだ。また少し、女の子の存在をまるごと感じられるくらい近くまで寄った。体を前にのばし、ミトンのにおいをかぐ。ひげがぱっと前にひろがり、鼻の穴がひろがる。ランパスは女の子のにおいをかいでから、体を引いた。女の子は不安げに、体をふるわせている。ランパスはさらに後ずさると、女の子のまわりをまわった。女の子はまだうごかない。

湿った毛糸と、石けんと、人間のにおいがする。遠い記憶がまたよみがえる。ペット・キングダムで暮らすようになるまえ、だれかがやさしく抱いたり、食べものをくれたりしたのを、ランパスは思いだした。

ランパスはぐるっとまわって、女の子とむきあった。女の子の目はいきいきとかがやいていて、やさしそうに見える。自分を傷つけることはないと、いまでははっきりとわかる。ランパスは空き地を見まわし、口のはしをなめた。足を引きずりながら、女の子にむかっていく。それから、その場に寝そべった。すぐ近くだけど、体がふれあう距離ではない。前足がずきずきと痛む。女の子のぬくもりをそばに感じられるのはよかった。ふりだした雪がふわふわと舞っている。

　そのあとまもなく、女の子は片方のミトンをはずした。そして小さな手を、ランパスにむかってのばしてきた。

21

おそれとおどろきを半分ずつ心にいだきながら、マギーはランパスに手をのばした。繊細なかたちの白い雪片が、シルバーグレーの毛皮に舞いおりる。ゆっくりと、そっと手をおいたら、毛皮はやわらかく、ふわふわしていた。こんなにやわらかいものは、ほかに思いつかない。

「ランパス、また会えてうれしいよ」

マギーはつぶやいた。胸がふくらむのを感じる。もっとそばに寄り、傷ついた前足をしらべたいけれど、こわがらせて逃げられても困る。それで、舞い散る雪と森にかこまれて、目の前の生きもののすばらしい姿に目を見張ったまま、そこにすわっていた。

目の前に寝そべったランパスは、後ろ脚をのばしてくつろいでいる。あくびをすると、鼻のまわりにしわが寄り、口のおくでピンクの舌が丸まった。白くするどい牙を、マギーはまじまじと見た。数千年にわたり、人類の遺伝子に受けつがれてきた神秘、原始のおそれのようなものが、ふたたび胸をよぎる。この生きものは野生の捕食者だ。それなのに、なぜか、二度とそばを離れたくないと思ってしまう。

マギーはそっとつぶやいた。

「あなたはどこから来たの？　どうしてワイルドオークの森にたどりついたの？　あなたのことを話しても、フレッドは信じてくれなかったんだ。あなたは野生に近いネコだって、フレッドは言うの」

マギーはランパスをじっと見た。ランパスは傷ついていないほうの前足をなめたあと、その足を頭の横に持っていき、そのまま片方の耳をおさえるようにして、頭をかいた。それから顔の毛づくろいをはじめた。

「でも、ネコじゃないって、わたしは知ってるよ」

ちょっとだまってから、言葉をつなぐ。

「あなたはユキヒョウでしょ？」

マギーは急に笑いたいような、泣きたいような、でも、やっぱり笑いたいような気持ちになった。ここにユキヒョウがいるなんて、とても信じられない。

毛づくろいを終えたランパスは横向きになった。空からふってくる雪にむかって前足をふりまわす。最初に雪片をひとつ、それからもうひとつ、足ではらい落とす。しっぽがパタパタとうごく。傷ついてないほうの前足を、冷たい空気に打ちつけるかのようにうごかしている。雪で遊んでいるのかな……？　マギーは笑いだした。ランパスは身をよじり、反対向きに転がった。そして寝そべったまま、マギーの腕をたたいた。遊びをしかけるみたいに、服のそでを爪で引っぱる。マギーもからかうように、腕を引いた。ランパスの爪が腕に当たる。するどい痛みにおどろいて、マギーは「あっ」と声をもらした。

「すごい爪だねえ」

手首にひとすじ、赤黒い血がにじんでいる。マギーはそのあともランパスと遊びつづけたが、ミトンはずっとはめておくことにした。

突然、まわりで鳥がさわぎだした。ランパスは鼻の穴をひろげ、耳をぴんと立てて、あわてて立ちあがった。まわりの木々に、しきりに目をこらしている。

マギーは体の動きを止めた。

自分はなにか、まちがったことをしてしまったのだろうか。

ランパスは足を引きずって歩きだした。

あっと思う間もなく、いなくなった。

「ランパス?」

いったいなにが起きたのか、はじめはわからなかった。しかし、しばらくするとエンジンの低音が聞こえてきた。マギーははっとして、胸が寒くなるのを感じた。ランパスの姿を人に見られたら、どうなるだろう。ランパスはユキヒョウだ。こんなところを自由に歩きまわっているユキヒョウなんて、ふつうはいない。もし見つかったら、檻に入れられてしまうし、もっとひどいことになるかもしれない。

昔、動物園で見たトラの射るような視線、その目にたたえられていた感情を、ふと思いだした。ランパスはたぶん、これまで檻に入れられていたのではないか。動物園か、あるいはひどい環境のサーカスから逃げだしてきたとか……。いずれにせよ、ここもランパスにとって安全でないのはたしかだ。

マギーはぱっと立ちあがった。

言葉が口をついて出た。

「ランパス、このままかくれていてね」

フレッドが帰ってきたとき、マギーは算数の問題を解いていた。もう何時間も考えているのに、まだ答えにたどりつかない。頭の中ではぐるぐるとランパスのことを考えていて、まったく集中できなかった。

「マギー、ただいま」

上着をぬぎ、かばんをおろしながら、フレッドがほほえんだ。

「まずは、お茶を飲みたいな。マギーも飲むかい」

フレッドは、コマドリの絵のマグカップを手にとった。

「おおおかえりなさい。おおお茶はいらない」

「なにも問題なかったかな。ちょっと元気がなさそうだが」

「うん、だいじょうぶ。フレッド……」

マギーはノートをとじた。これ以上やってもむだだから。

「きっ聞きたいこっことがあるの」

「ああ、なんでも言ってごらん」

「わたしのみっ見たのがネ、ネコじゃなくヒョウの一種で、ほほほかのひひ人に、みっ見つかったら、どうなるの」

「マギー……」

フレッドはため息をついた。蛇口(じゃぐち)をひねり、銀色の古いやかんに水を入れる。それから、やさしく言葉をつづけた。

「きみが見たのはネコだよ。農場で飼われている、とても大きく、野生的でふわふわしたネコだ。でも、もし、かりにネコでないなら、その動物にとって、ワイルドオークの森はふさわしい場所ではない。見つかったとき、どうなるかはわからないが……」

やかんのふたをしっかりと閉めながら、話をつづける。

「動物園で暮らせるようになれば幸運だな。種類にもよるけど、この国じゃ、動物園にいるべきだと思うから」

「そっか」

胸がしめつけられるの感じつつ、マギーは答えた。フレッドはマギーを見た。

「マギー、だいじょうぶかい。これで答えになったかな」

マギーはうなずいた。いろいろな思いが頭の中でぶつかりあう。ランパスが檻(おり)に入れられるのはいやだった。ここはユキヒョウのいるべき場所ではないと認めるのも……。

「なら、よかった」

マギーのようすに、フレッドはまだ納得(なっとく)してない感じだったが、そのままつづけた。

「ところで今日、お母さんが電話してきたよ。きみの小さな友だちは、みんな元気にしてるってさ。ウィルミントン……いや、ウェリントンを箱から出して、ひざにのせてみたらしい。少なくとも、お母さんはそう言ってた」

フレッドがティーバッグをマグカップに入れながら話すのを聞いて、マギーはウェリントンのことを思いだした。小さなピンクの鼻、ぴくぴくうごくひげを思(おも)い浮(う)かべたら、胸がきゅっと痛んだ。ウェリントンと、納戸(なんど)にいるほかの動物たちが恋(こい)しい。

やかんの湯のわく音がした。

「みんな、マギーがいなくてさびしいのはまちがいないな。マギーがいつも外で遊んでいると話したら、お母さんはとても喜んでいたよ。あと、もちろん、ちゃんと勉強していることも」

「とと……」

言葉がつかえて出てこない。声を出そうとしたら、頭が後ろにかたむいた。ぐっと前後にもっていかれる。

「とと、ととと、父さん……」

言いかけた言葉をひっこめ、落ちつくのを待つ。めまいがして、いまにもたおれそうだ。

フレッドはしばらくだまっていたが、そのあとで口をひらいた。

「お父さんのことはあまり話さなかった。ああ、お母さんと二人で施設を見にいくらしいが……」

最後まで話そうか、どうしようかと迷っているように、口をつぐむ。

「マギーからお母さんに手紙を書いたらどうかな。それで近況を伝えたらいい。きみのようすを知りたいだろうし、会いたいと思っているだろうから。ぼくだって、そうだな。イーブリンに会いたいよ」

マギーは口をひらいたものの、またとじて、そのままだまっていた。ランパスを心配するあまり、グランビルのことをすっかりわすれていた。いろいろな思いが頭におしよせてくる。足もとの床がかたむいて、いまにも自分がどこかにすべり落ちていく気がした。もう何日もここにいるのに、吃音が治る気配はない。

フレッドはマギーのようすをじっと見た。

「なあ、マギー……」

いまフレッドがなにを考えているのか、マギーにはわからなかった。それでも、とてもやさしい目でこちらを見ているから、心が少し落ちついた。

「まずはなにか食べよう。そのあとマギーに見せたいものがある。ぼくの人生で誇るべき最高傑作があと一歩で……いや、十歩くらいで完成しそうなんだ。〈空駆ける奇跡〉だよ」

フレッドは大げさなおじぎをしてみせた。

「うん」と、マギーはつぶやいた。


二人が外に出たときは、すっかり日が落ちていた。雪はやんでいたが、空気は冷たく、するどかった。気をまぎらわすものがあってよかったと、マギーは思った。フレッドは小屋の重い木製(もくせい)の戸を開けて、箱や金属くずの間を進んでいった。

「こっちだよ。足もとに気をつけて」

マギーはいままで気づいてなかったが、小屋のいちばんおくの壁(かべ)にすのこ張りの板が立てかけてあった。板の向こう側は細長い空間で、かくし部屋のようになっている。その真ん中に、防水シートにつつまれた巨大(きょだい)なものがそびえていた。シートのあちこちに奇妙(きみょう)なふくらみがある。

「マギーはシートのこっち側を持って。そう……じゃあ、はずすよ！」

おどろき、胸が高鳴って、眉(まゆ)がピクッと上がった。だって空飛ぶ車というか、なんとも奇妙(きみょう)な乗りものがあらわれたのだから。それは牛乳配達車と馬車を組み合わせたような車で、ボディにはタイヤが三つ。それからロケットの一部みたいなものと、金属をつぎ合わせたつばさがついていた。

フレッドは車のドアを開け、中に入るように、マギーに身ぶりでしめした。そして、銀色にかがやく大きな鍵(かぎ)をちらつかせて言った。

「試(ため)し乗りをしてみるか」

「うん！」

さっそく車に乗りこむ。はじめて空飛ぶ車のことを聞いたときは、とても信じられなかったけど、ほんとうにあったなんて。スチールや革、みがいた木片（もくへん）をつぎ合わせてつくられた車に、マギーはびっくり仰天（ぎょうてん）していた。飛行機には一度も乗ったことがない。まえに雑誌で見ただけだ。

「こっこれ、ほんとにと、ととと、飛ぶの？」

フレッドはにっこりして、エンジンをかけた。バンッと大きな音がして、シュッという音とともに火花が散り、エンジンがうごきだす。

フレッドが笑い声をあげた。

「ああ……。いつかはね」

22

ブナの古木の高い枝から、ゆたかな森のにおいを吸いこむ。きりりとした空気に、ふったばかりの雪のにおいがまざる。サラサラという葉ずれの音。葉が風に鳴り、枝がきしむ音。耳をぴくぴくさせて、べつのほうにむけてみる。ランパスの感覚はいつも張りつめている。ふと、けむりのにおいをかすかに感じた。そのあとガタガタという音がして、それからすぐに、大きなタイヤのトラックがやってきた。荷台のおおわれてないトラックは、道とも言えぬ道の上をはずむように近づいてきて、ランパスの寝そべっている木から、ほど近い場所で止まった。見た瞬間、ランパスにはわかった。まえに見たのと同じ車だ。

背の高い、やせた男が車から出てきて、バタンとドアを閉めた。そして、細い肩をすぼめて、もう一人の男に話しかけた。

「とにかく、早くはじめてくれ。村の住民たちに見られて、さわがれるのは困る。バカげた委員会とか、あのいかれた医者がかくしていた〝証拠〟とやらはすでにつぶしたが」

「フォイ卿、それはよかった」

もう一人の男は、丸めた地図を持っていた。冷たい空気の中、白い息を吐きながら、男はボンネットの上に地図をひろげた。

「作業員たちが月曜にきたら、すぐにとりかかりますよ。南西部からはじめましょう。まずは四千平方メートルを目標に切っていくとして、やりにくい場所もあるだろうけど、準備は万全なんで。そのペースだと、おそらく、春が終わるころには、この森の木を全部切りたおせますね」

「よろしい。じゃあ、いまからこのあたりを歩いて、切りひらく予定の場所をよく見せてもらおうか」

そう言ったあと、背の高い男はトラックの荷台にまわり、大きな散弾銃をとりだした。

「もちろんです。ただ、銃はいらないと思いますけどね……」

「わたしはいつも銃を持っていくんだよ」

それを聞いて、もう一人の男は笑って首をふった。それから二人は西にむかって進み、雪におおわれた枝の向こうに消えた。ランパスは耳をぴんと前にたおしたまま、しばらくじっとしていた。

二人の声が聞こえなくなると、体を起こして空気のにおいをかいだ。枝の下のトラックに視線をむける。ひょっとしたら、なにか食べものをのこしていったかもしれないから、さぐってみる価値はある。枝から飛びおり、ぎこちなく着地した。その瞬間、はげしい痛みが足全体にひろがった。思わずビクッとして、そのあとはしばらくうごけなかった。けがはまったく、よくなっていない。痛みはまえよりひどくなっている。

トラックのまわりはおもしろいにおいがした。知っているにおいも、知らないにおいもあって、興味をそそられる。まずタイヤのにおいをかいでから、荷台をしらべる。ガソリン、泥、薬品……。除草剤のにおいが鼻をさし、ランパスは顔をしかめた。堆肥、犬の唾液、かわいた血、そして……キジのにおいだ！　ランパスはぶかっこうながらも、どうにか荷台に飛びのった。古い毛布の下をのぞいたり、弾薬の箱や棒や針金をおしやったりして、いろいろなものがまざったにおいをさぐる。たしかにキジのにおいがするのに、ここにはいない。そこで運転席をのぞきこんだとき、ランパスの体はこおりついた。

パーン！

バン！　バン！

パーン！

遠くで放たれた銃声が、森のおだやかな空気を切りさく。

ランパスは荷台から飛びおりた。足を引きずりながら、でこぼこの道のはしまで急ぐ。こおった雪の吹きだまりの上で、前足がすべる。しっぽがはげしく左右にゆれる。不自由な足で走るのはむずかしかったが、できるだけすばやくうごいて、どっしりした高いトネリコの木に、爪を立てて登っていった。

すぐに、男たちがもどってくる音が聞こえた。下生えの中を歩く重い足音につづき、鍵がジャラジャラと鳴って、トラックのエンジンがかかる。ふしぎとなじみのあるにおいが、鼻の中にひろがる。

ランパスは顔を上げた。トラックが道の上をはずむように走りだす。

そのとき一瞬(いっしゅん)、荷台になにかが見えた。動物だ。体が片方にかたむいている。黒と白のしまもようの顔で、アナグマだとわかる。アナグマの肩(かた)は、真っ赤な血に染(そ)まっていた。

23

一九六三年三月一日　金曜日

母さんへ

母さんの言ったとおりだった！　コーンウォールは魔法の国みたい。自分でも信じられないけど、ここが好きになったよ。とってもね。母さんはここで育って、楽しかっただろうな。秘密基地をつくったり、クロイチゴをつんだり、野原をはだしで走ったりした？　夏はどんな感じ？　わたしはワイルドオークの森がすごく気にいって、毎日遊びにいってるんだよ。母さんが言ってたように、フレッドはとってもやさしくしてくれる。わたしが母さんに会いたいみたいに、母さんもフレッドに会いたいのかな。ああ、母さんに会いたいなあ！　毎晩、母さんが荷物の中に入れてくれた写真を見て、そうすると母さんがそばにいるように感じるんだ。あの写真はどこで撮ったの？　どこかの海辺に見えるけど、この近くの場所？　ここがロンドンに近ければいいのに。それで、あの海辺にいっしょに行けたらな。いつかきっと行けるよね。ウェリントンとフルートとシャーロットたちがいなくて、さびしいです。みんなのお世話をしてくれてありがとう（ハリケーンとスピットファイアをポケットにかくして、連れてきちゃったこと、母さんが怒ってないといいけど）。

きのうはフレッドの小屋で、ものすごい発明を見せてもらったの。フレッドが発明家だって、なんで教えてくれなかったの？〈空駆ける奇跡〉といって、フレッドはすごくおもしろく発音するんだよ。それで〝試し乗りをしてみる〟はずだったんだけど、フレッドの思うようにはいかなくて、飛行機みたいには浮かばなかったの……。丘をかけおりればスピードが出て飛べたかもしれないけどね。とにかく、きのうは地面がこおってたからタイヤがすべっちゃって、なにかにぶつかったらどうしようって、ずっと思ってた。結局、だいじょうぶだったけど。

ロンドンの雪はもうとけた？　こっちは少しとけはじめたよ。まだすごく寒いけど、それでも外で遊ぶのは好きだな。こんな魔法の国みたいな場所が、ほんとうにあったなんて。本の中にしかないのかと思ってた。どう書いたらいいのか……。幹の真ん中にうろのある、りっぱな古い木があってね、バカみたいに聞こえるだろうけど、その木に話しかけられた気がしたんだ。だけど、フレッドの話では、森には銅がうまってるから、持ち主が木を全部切りたおそうとしてるんだって。そんなことになったらいやだよ。フレッドは止めようとしてるけど、むずかしいと思ってるみたい。

あと、どのくらいここにいていい？　もう少ししたら、遊びにきてくれる？　母さんがきたら、フレッドは喜ぶよ！　母さんに会いたがってるのがわかるから。

また手紙を書くね。

母さん、大好き。

マギーより

金曜の夜、フレッドの机の前にすわったマギーは、万年筆をにぎりしめていた。ふと、手が止まる。フレッドのことを知ったいま、この先会えなくなるのはたえがたかった。フレッドと父さんがひどいけんかをしたあと、間にはさまれた母さんは、どんなにつらかっただろう。母さんの肩越しに手紙をのぞきこむ父さんの姿が、頭に浮かぶ。きっと首をふって、それからネクタイの結び目をととのえるんじゃないかな。

「コーンウォールから帰るまでに、おまえの吃音がよくなっていなかったら、そのときはグランビルで治療を受けさせる」って、父さんは言っていた。

ごくりとつばを飲んで、袋の中で蛾が飛びまわるみたいに、腹の底で暴れだした恐怖を閉めだそうとする。そうしたら、思わず、こんなふうに書いていた。

ＰＳ　母さんが言ってたとおり、ここの空気はすごくいいの。吃音はだいぶ治ったって、父さんに言っといて。もう、ほとんどつっかえずに話せるから、グランビルには行かなくていいって。ほんとによくなったんだ。勉強もちゃんと毎日やってるよ。

ぱりっとした青い便箋を折って、そろいの封筒に入れてから、住所と母さんの名前を表に書いた。

――ロンドン　メスリー・ストリート　一四三番地　イーブリン・スティーブンズさま
インクはあっという間に、なめらかなやわらかい紙に吸いこまれた。

こんなふうに言葉がするすると口から出ればいいのに。

マギーは少しのあいだ、封筒をにぎりしめた。吃音はまったく、よくなっていない。認めたくないものの、それが事実で、それにほんとうは、嘘なんかつきたくなかった。どんなに考えないようにしても、やはり気がとがめる。ランパスについて手紙に書かなかったことも、心にひっかかっていた。だけど、母さんが知ったところで、フレッドに電話するくらいしかできないし、フレッドはきっと、ただのネコだからほっとけって言うだろう。でも、ランパスはネコではない。ユキヒョウだ。コーンウォールの森にはいないはずの動物なのだ。いつまでランパスを人目からかくしておけるだろうか。ほんもののユキヒョウだとわかったら、フレッドはどうするのだろう。そのとき、フレッドにできることはあるのか……。

マギーはぱっと立ちあがった。フレッドは信頼できる。解決策を見つけられる人がいるとしたら、それはフレッドだ。もう一度話をしてみよう。そんなふうに考えながら、筆記用具をかたづけようとしたとき、インクつぼをたおしてしまった。机にこぼれたインクが封筒をよごす。

「あっ！」

あわててふいたら、せっかくきれいに書いた文字がこすれてにじんだ。マギーは目をぎゅっとつぶって、しばたたいた。ぐちゃぐちゃになった文字を見て思う。まるで、わたしの口から出た言葉みたい……。

こぼれたインクをハンカチでぬぐってから、台所に行った。フレッドは一人、ぶつぶつつぶやきながら、テーブルにひろげた〈空駆ける奇跡〉の図面をながめていた。

「もっとスピードが出れば……ううん……それでも空に浮かぶのに十分ないきおいはつかないから……」

「フレッド……」

「やあ、マギー。手紙は書きおわったのかい」

フレッドは、半月眼鏡の上からまっすぐマギーを見た。マギーはうなずいた。

「インクをこっ……こすって、よよごしちゃったの。封筒を、もっもう一……枚、くっくれる?」

はずかしくて、頰が赤くなる。フレッドはマギーの手から封筒をとると、うらがえして宛名を見た。

「だいじょうぶだよ。ちゃんと読めるから」

フレッドはマギーを見て、ちょっとだまった。眼鏡をはずして、話をつづける。

「大切なのは、なにが書いてあるかだよ。どんなふうに書いてあるかじゃなくて。それよりね、切手をきらしてるかもしれないんだ。ぼくの机の右側のいちばん上の引き出しを見てみて。なかったら、郵便局で買っておいで」

フレッドはマギーに封筒を返すと、壁の時計を見た。

「おっと、もうこんな時間だ。郵便局には、月曜の朝、行ったらいい」

「わかった」

自分でも受けいれがたいけれど、郵便局の人や知らない人と話さなければならないと思ったら、気分が悪くなりそうだった。でも、そのことはひとまずわきにおしやって、口をひらいた。

「あのね……」

マギーはためらいがちに話しだした。あとにつづく言葉を、フレッドがじっと待っている。

「話したくて。もっもう一度、ちゃんと」

「なんだい。言ってごらん」

「ネ、ネネ、ネコのこっこと……」

「ああ……」

困ったような顔をして、フレッドが立ちあがった。流しにむかうフレッドの背中に、マギーは話しつづけた。

「あの、あの子はネ、ネコじゃなかった。本で調……読んだの」

「気を悪くしないでほしいんだがね……悪いけど、きみは都会の子だからわからないんだよ。イギリスの田舎(いなか)にヒョウはいない。ぜったいにいないんだ」

「ユ、ユユ、ユキヒョウだよ。ほんとうにそうなの」

フレッドは蛇口(じゃぐち)を閉めてから、マギーのほうをむいた。いまにも笑いだしそうな顔をしているのが、マギーにはたえられなかった。胸がきゅっと痛くなる。

「本気で言ってるの」

「すまない。悪かった」

傷ついたようなマギーの表情に気づいて、フレッドは流しの横にやかんをおき、マギーのほうに近づいてきた。マギーの顔を手でつつんで、フレッドは言った。

「でも、わかってくれ。ユキヒョウはコーンウォールの村ではなく、中国とかモンゴルとか、遠いところにいる動物だ。きみが見たのは、ティンブリルの農場にいる、野生的なぶちネコじゃないかな。ぶちネコは美しくて、いろんなおもしろいもようがあるし、ちょっとヒョウに似ているもんな」

まじめな口調で、さらに言葉をつづける。

「マギーは、うちにおいてきた動物たちに会いたいんだろうね。きみにとって、とても大事な存在だって、お母さんは言ってたよ。どうかわかってほしいのは、きみをうたがってるんじゃないってことだよ。ぼくは生まれてからずっとここに住んでいるから、ワイルドオークの森ならよく知ってるんだ。だから、この話はもう、終わりにしよう」

マギーはこくりとうなずいた。フレッドは耳をかたむけようとしない。マギーは、目の裏側が熱くなるのを感じ、泣きそうになった。

24

ランパスは苦しんでいた。前足のけがはひどくなっている。ものすごくひどい。やわらかな黒い肉球は腫れあがり、ずきずきと痛む。どんなになめて、きれいにしようとしても、深い傷口から濃い黄色の膿が出てくる。少しでも体重をかければ、はげしい痛みに襲われる。木に登ったり、うろから出たり入ったりするのもむずかしい。

午後の陽がかげりゆくなか、ランパスは足を引きずって、ゆっくりと歩いた。冷たい空気はかわいていて、それではのどをうるおせなかった。そこで森のはしにある小川をめざし、しげみから道に出たとき、思いがけず人間に出くわした。小さな犬を散歩させているおばあさんだ。一瞬、見つめあったあと、金切り声があがる。犬がはげしくほえたてた。

ランパスは後ろをむいて、できるだけ急いで、足を引きずりながらしげみの下に退散した。そして、そのまま立ちどまることなく、古いオークの木までもどった。前足の傷はひどくうずき、足の先から肩まで全部痛かった。風がひゅうひゅう音をたてて、木の間を吹きぬける。古い木の枝々が、ランパスの上でゆれる。いったいなにが起きたのか、なぜおばあさんがさけんだのか、ランパスにはわからなかった。この場所にはまだ、わからないことがほんとうにたくさんある。ランパスは体をおって、前足をなめた。急いで歩いたせいで、足に大きな負担をかけてしまったのだ。なにかがおかしい。とんでもないことが体の中で起きている。

やがて、月がのぼった。雲が月を塗(ぬ)りつぶしていく。月の端(は)がぼやける。ワイルドオークの森に夜がおりてくる。ランパスは落ちつかないまま、苦痛の中で、眠(ねむ)りから出たり入ったりした。

25

月曜の朝、マギーはしぶしぶ郵便局にむかった。毛糸の帽子を耳の下までさげて、足を前にはこぼうとする。割れたガラスのかけらのように、するどくとがった不安でおなかがぎゅっとなる。知らない人と話せる自信はなかったが、どうしても手紙を出したかった。母さんがいなくてさびしいこと、早く会いたいと思っていることを伝えたかった。

下をむいたまま、前へ前へと歩きつづける。冷たい空気の中、白い息がすうっとのびていく。大寒波はようやく終わりが見えてきたものの、身を切るような寒さはつづいていた。やわらかな雨が霧とまざる。フレッドの言っていたとおり、この〝コーンウォールの霧雨〟は今日一日つづきそうだ。

郵便局はとがった屋根の、小さな石造りの建物だった。ドアを開けようとして、手を前にのばしたまま、マギーはしばらく迷っていた。この中に入るなんて、ほんとうに自分にできるのか……。ドアノブを持ったあとで、ぱっと手をはなす。

今日はこのまま家に帰り、手紙はあとでフレッドに出してもらったほうがいいのではないだろうか。やっぱりそうしようと思って、後ろをむきかけたとき、母さんの顔が頭に浮かんだ。手紙を受けとったら、母さんはどんなに喜ぶだろう。きっと、すぐに封を開けて、台所のテーブルの前にすわって読みはじめるはずだ。マギーは深いため息をついた。ふうっと長く息をはく。「よし」とつぶやいて、もう一度ドアノブをにぎる。

「よし、行こう」

ドアが開いて、ベルが鳴った。郵便局の中は薄暗く、雑然としていた。ほこりのつもった棚や、色あせた絵葉書のラックが、壁にそってならんでいる。棚の中には、事務用品や紙や雑誌。正面に小さなカウンターがあって、チョコバーや駄菓子の入ったガラスのびんが両側においてある。

「おはよう」

カウンターの後ろにいたおばさんが声をかけてきた。白髪の巻き毛をショートカットにした、頬の赤い女の人だ。

マギーはうなずいて、ほほえんだ。不安で胸がしめつけられる。一瞬、出口のほうをむいて、ここから逃げだそうかと思った。

「きっ……」

マギーは口をとじた。言葉が出てこない。ああもう、お願いだから、「切手」とひとこと言いたいだけなのに。「切手をください。ロンドンまでお願いします」って。女の人はマギーをじっと見ている。首もとが熱くなり、コートのボタンを引っぱった。

「ききっ……」

「切手がほしいの？」

マギーの言葉はぱっとさえぎられた。目の前の女の人は気まずそうに、口をきゅっとむすんでいる。はずかしさが胸におしよせてくる。こういう視線はこれまで何度もあびてきた。審判をくだし、判決を言いわたす目だ。ぐっと力を入れて床をふみしめる。

「切手を買いにきたのかしら」

女の人が視線をそらしながら、マギーにたずねる。

マギーはうなずいた。母さんの住所が書かれた青い封筒を、カウンターの上にすべらせる。

「ロンドンまで」

「ふつう郵便でいい？」

「それっ……」

マギーは「それで」と答えようとした。だけど、言葉がつかえてしまって、どんなに必死にやっても、その先が出てこない。

「それでいいかしらね」

女の人がまた途中で口を出す。

話をさえぎられ、自分が言おうとしていたことをかわりに言われてしまうのは好きではない。さらにいやな気持ちになり、横をむいて古い絵葉書を見るふりをする。女の人は引き出しの中から、切手シートをとりだした。そのときドアのベルが鳴って、頭にスカーフを巻いたおばあさんが飛びこんできた。

「シーッ！　ティンカーズ、静かに！」

足もとでほえたてるダックスフントを、おばあさんがしかりつける。女の人がカウンターの後ろから話しかけた。

「おはよう、スー。ちょっと待っててもらえる？」

「ああ、タムシン、あなた、もう聞いた？　すごい事件があったって」

息を切らし、マギーにはまったくかまわず話しつづける。

「ドリスが化けネコを見たんですよ！　ワイルドオークの森で。そう、すぐそこの森。化けネコは青い目をして、牙を生やしていたんですって。きのうの夕暮れ時、レジーを散歩させていたときに見たらしいわ。自分の命にかけて、たしかに見たって言ってるの」

カウンターの女の人は、マギーの手紙を郵便袋に入れた。

「三シリング」

マギーに料金を伝えてから、スーのほうをむく。

「いったいなんの話？　化けネコってなんのこと？」

マギーはコートのポケットに手をつっこみ、お金を出そうとした。そうするあいだも、マギーの手はふるえていた。この二人はランパスのことを話している。ぜったいにそうだ。化けネコだなんて言われて、いったいどうしたらいいのだろう。心臓がろっ骨をたたく。何度も、何度も、はげしく打ちつける。

スーは話をつづけた。

「今朝、ドリスがお茶を飲みにきたの。月曜の朝は、いつもうちにくるって知ってるでしょ。それで、椅子にこしかけて、チョコレートビスケットをとって、ひと口食べるか食べないかってうちに、気分が悪いって言いだしたのよ。ブランデーがほしいって言うから、わたし、ほんとうにおどろいて……。だって朝の九時に、そんなことを言いだすなんて。顔色も悪かったし、すぐにブランデーをあげたわ。あ、バーナードのお気にいりのじゃないわよ。そのあとで化けネコの話がはじまってね。ものすごく凶暴な生きもので、銀色の体には太くて長いしっぽと、とがった爪がついていて、ドリスを見た瞬間、逃げていったんですって。あんな生きものは見たことがないって言ってたわ。死ぬほどこわかったって。そりゃあ、そうでしょうとも！　ドリスは心臓が弱いのに……。レジーもすっかりおかしくなっちゃって、ずうっとほえていて、ドリスを引きずって走りだしそうないきおいだったそうよ。ねえ、タムシン、ドリスは嘘をつくような人じゃないって、あなたも知ってるわよね」

そこまで話すと、おばあさんはちょっとだまって、息をついた。

マギーは三シリングをカウンターにのせると、走りだした。後ろでドアベルがジャラジャラと鳴った。冷たい空気にほっとする。心臓はまだはげしく打っているし、暑くてたまらない。ついにランパスの姿を見られてしまった。村じゅうに知られるのも時間の問題だろう。

そうしたら、そのあとはどうなるのか……。

考えるのもおそろしかった。

森についたとき、霧雨は冷たい雨に変わっていた。うちから持ってきた食べものを地面にひろげる。今日はチキン。そんなに量は多くない。冷凍庫の中の肉はのこり少なくなってきた。そろそろフレッドに気づかれてしまうかもしれない。

ランパスはゆっくりと姿を見せた。うろのふちから、わずかに顔をのぞかせる。空気のにおいをかいで、そのあと下におりてきたが、いままでにないほど時間がかかった。あきらかに足を引きずっている。食欲もないようで、少ししか食べない。声をかけたら、すっとそばにきた。そんなふうに見えただけなのかもしれないけれど、とにかく、すぐにマギーのとなりに寝ころんだ。

マギーは思わずミトンをはずし、ランパスの体をなでた。シルバーグレーの地に黒い斑点のある背中にくらべると、おなかの色は薄い。クリーム色の毛はとてもあたたかく、ふわふわしている。マギーは地面に寝そべり、ランパスに身を寄せた。地面が冷たく湿っているのは、まったく気にならなかった。これほどランパスに近づいたことはない。わき腹に手を当てると、呼吸に合わせて上下する。ランパスはじっと横になっている。しばらくしてから、マギーは起きあがった。

「ランパス、だいじょうぶ?」

マギーはそっと声をかけた。いま気づいたけど、ランパスの息づかいはとても速い。これがふつうなのか、そうでないのかわからなかった。腹の底で恐怖がかすかに波立つ。なにかがおかしい。このまえみたいに遊ばないし、マギーのマフラーを前足でたたいたり、転げまわったりもしない。マギーはひざをついたまま、少しずつ横にうごいてランパスの顔のすぐそばまで寄った。

ブルーグレーの目は開いていた。どこか遠くを見ている。生気がない。もう一度静かに呼びかける。

「ねえ、どうしたの？」

暗いピンク色をした鼻先、黒いまつげや白いひげの先が見えるくらい近づいた。

「わたしに教えられないんだよね。人間の言葉を話せないから」

マギーは小さな手でランパスの頬をなでた。

「言葉を声にして伝えられないのは、わたしといっしょだね」

近くの木のはだかの枝々の間を、風が吹きぬけた。空き地の真ん中に立つオークの木がきしんで、ゆさゆさとゆれた。生きていくのは大変なことだと、マギーは思った。自分をわかってもらうのも、愛するのも、愛されるのも、言いたいことを伝えるのも、どれもすごくむずかしい。

「わたしが自分の声を見つけられたら、あなたのために話すね。ぜったいにそうするからね」

ランパスの鼻の穴がふくらんだ。息づかいは荒く、みだれている。ランパスをおどろかせないように、ゆっくりと体を起こす。それから、傷ついた前足に手をのばした。いままでは、傷をしらべようとするたびにランパスがうごいて、できなかったのだ。マギーはそっと前脚を持って、横にむけた。

「ランパス……」

そこで声はとぎれた。罠の歯はぎざぎざの傷をのこしていて、黒くやわらかい肉球が裂けている。

なまなましい傷は骨まで達し、濃い黄色の膿を出して腫れあがっていた。

きちんと手当てしなければ、感染症は命にかかわる。さびた金属でけがをしたときはとくにあぶないと、マギーは知っていた。だけど、どうやって傷を治したらいいのか、どれくらい早く悪化するのかわからない。たとえ、フレッドに話して、信じてもらえたところで、そのあとはどうなるのか。フレッドは「動物園で暮らせるようになれば幸運だ」と言っていたけれど。郵便局で会ったおばあさんは、化けネコを見た人がいるって、さわいでいた。きっと猟師とか、いろんな人が森に来て、ランパスをつかまえようとするだろう。こんな状態のランパスをはこぶのは、マギーにはできない。そもそも、どこに連れていったらいいのかわからないし。ランパスに助けが必要なのはたしかだった。いますぐ、なんとかしないと……。

ああ、もう、どうしたらいいの？

マギーは靴下とブーツをぬいだ。はだしでいるほうが、いつだって頭がはたらく。冷気が肌につき刺さり、びくっとする。はだしであたりを歩いたら、ぴりぴりする感覚をおぼえた。とがった枝、こおった泥、カサカサした葉っぱ、霜のおりた地面が触覚を刺激する。オークの古木まで歩いていって、曲がった根の間にすわりこんだ。

「ねえ、どうしたらいい？」

紙ヒコーキを飛ばすみたいに、言葉をひとつひとつ空に放つ。だれかにとどいて、答えてもらえるように。

氷のように冷たい、ざらざらした樹皮に足の指をからませて、しばらくそのままずわっていた。肌と肌がふれあうのを感じながら、強く願った。

だれもなにも答えない。声や音のようなものを聞いたわけでもない。しかし、なにかが起きた。ふしぎな力がゆっくりと、足の裏から少しずつ流れこんできて、体じゅうをめぐった。それはマギーの内と外で同時にひろがり、足もとの木の根を満たし、体内の血管からあふれだした。背骨からわかれた骨や、首がうずく。頭のてっぺんが持ちあがり、自分の体の外にある世界全体と、どうにかしてつながった気がした。森はもう、マギーと切りはなせないものであり、マギーはその一部だった。そして、その瞬間、マギーにはわかった。言葉によるメッセージではなく、本能と直感が、感情や意味を伝えるやり方で。

森はランパスを助けられる

ぎゅっと目をとじる。そのあとで目を開けると、なにもかもがちょっとだけ明るく見えた。立ちあがってランパスのところまで歩いていく。少しのあいだ、そばにひざをついて、頬をなでた。

「足のけがを治す方法があるかも。まだ、はっきりとはわからないけど、いいことを思いついたの」

ランパスは一瞬、顔を上げたあと、また地面に寝かせた。

「ランパス、ここは危険だよ。こんなところにいたら、すぐに見つかっちゃう」

やさしく言葉をかけ、なんとか立たせて、木のうろにむかわせる。ランパスは時間をかけて、苦労しながら、低くたれた枝にあがり、うろの中にもぐりこんだ。

「ここにかくれていて。すぐにもどるから」

きゅっと丸まったランパスをうろのふちから見下ろすと、急にとても小さく見えた。まったく、この場になじんでない。

冷たくなった足をブーツにつっこむ。足の裏についた泥や葉や小枝で、ブーツの内側もよごれたけど、ちっとも気にならなかった。朝の陽がうっすらとさすなか、木々の間をぬけて家へとむかう。もとめる答えをいますぐ知りたい。

そうして走りつづけていたマギーは、地面のかすかなふるえに気づかなかった。森のいちばんはしで、灰色のけむりがリボンのように空にのぼっていたことにも。

26

女の子のにおいがふわっと香った。なにか、ほかのにおいもする。鼻をさす、機械みたいなにおいを、ランパスはかすかに感じとった。

「ランパス！」

ランパスは目を開けた。女の子がやってくる。ブーツが地面をふるわす感じや、足音でわかる。ランパスはもう、体を起こしてすわることができない。女の子はすぐそばまできた。ちょっと顔をむけたら、うろのふちをにぎる手が見えた。小さな指先が赤くなっている。そのあとで顔がのぞいた。茶色い目がやさしそうだ。

「ランパス、午前中はずっと、フレッドの本を読んでいたの。自然や森や植物の本がたくさん、うちにあって、傷にきく薬草がこの森にあるってわかったんだ。ここはほんとうにすごい場所だね！これから薬草をさがしてくる。すぐにもどるから」

女の子の言葉、発した音の意味は、ランパスにはわからなかった。だけど、声を聞いていると、ほっとした。においも安心できる。ランパスはまた頭を寝(ね)かせた。女の子はいなくなった。

感染症は脚だけでなく、体じゅうにひろがっていた。危険なほど高い熱が出て、それからもどんどんあがりつづけた。

27

台所の流しで、泥だらけの手を洗った。午後はずっと森にいて、小枝や樹皮や草をかごいっぱい集めた。台所のテーブルには、『薬草百科』という大きな本がひろげられている。八百ページ以上ある本で、細かい黒字の説明と、精緻な挿絵がついている。マギーは服のそでをまくりあげ、本にむかった。

「ええと……〈外用鎮痛消炎薬として用いる軟膏・湿布〉っていうのが、まだよくわからないんだよね」

ハリケーンとスピットファイアに話しかける。カタツムリたちのびんは、香辛料の棚の上に落ちつき、二匹はいつもおとなしく、興味深そうに台所をながめている。

「だけど、それがいちばんよさそうなの。植物をつぶしてつくる、塗り薬みたいなものだと思うんだけど」

しおりをはさんだ箇所のうち、いちばんはじめのページをじっくりながめた。

「ヘラオオバコ。オオバコ科オオバコ属の顕花植物。別名イギリスオオバコ。葉はむかしからシロップやお茶にして内服するか、外用薬として使われている。呼吸器疾患、皮膚疾患、虫刺され、感染症に効能がある……。これはぜったい必要ね」

かごの中身をしらべ、暗緑色の草をとりだす。できるだけたくさん葉をむしって、ボウルに入れた。

「つぎはヒメオドリコソウだっけ」

数ページ先をひらく。

「あ、ここにあった……。しばしばイラクサと混同される。古くから薬草として用いられてきた。たとえば、しゅ……収斂剤、抗けいれん薬、抗炎症薬、鎮静薬……。なんのことだか、半分くらいわからないけど、鎮静っていうのはよさそう。それに、ちょうどここにあるし」

ハート形のやわらかな葉をかごから出し、ボウルにくわえる。

「あと、たしか服にくっつく草があったよね。ヤエなんとかっていう……。そうそう、ヤエムグラだった！」

しおりをはさんだページにさっと目を通す。

「さまざまな皮膚疾患、けが、やけどにきく。塗り薬に使われるほか、お茶として内服することもある。毒素を排出するリンパ節のはたらきを助け……。リンパ節ってなんだろう？」

何度か読みかえしたあとで、これもためしてみることにした。ヤエムグラは塗り薬とお茶の両方に使おう。

時計に目をやると、三時をまわろうとしていた。あと一時間か二時間もしたら、フレッドが帰ってくる。思ったより時間がかかっている。暗くなるまでにランパスのところにもどりたい。ボウルにヤエムグラの葉と茎をひとつかみ入れて、少しずつお湯をくわえながら、重いスプーンの裏ですりつぶす。はじめはなかなかまざらなかったが、根気強くつづけるうちに、固いペースト状になった。強烈な甘いにおいは、食欲をそそるものではない。本の説明のとおりに古い布を細く裂いて、それを薬といっしょにジャムのからのびんに入れた。

マギーには、ほかにもやりたいことがあった。本は一章まるごと、〈ヤナギの樹皮の抽出エキスから解熱鎮痛薬を合成する方法〉にさいてある。もう一度時計を確認してから、大いそぎで本のほうへむきなおった。

「ヤエムグラのお茶と、ヤナギのエキスをとる時間はあるかな……」

ページをぱらぱらめくりながら、マギーはつぶやいた。

「ヤナギの皮は、ゆでてもいいみたい。アルコールにつけておくほうが、効果があるのかもしれないけど。それでも、ないよりはいいよね」

台所を行ったり来たりして、二つの鍋にお湯をわかす。小川のそばに生えていたシダレヤナギの皮を鍋に入れ、もうひとつの鍋にヤエムグラの茎ののこりを入れた。しばらくすると、奇妙なにおいがただよいはじめ、ヤナギの皮を入れた鍋の中は薄紅色、ヤエムグラのほうは黄緑色になった。

台所をあちこちあさって、入れものをさがしているところに、車のタイヤが砂利をふむ音が聞こえてきた。こんなに早く帰ってくるなんて！　見つけたびんを全部古いかごにおしこみ、テーブルの下にかくす。裏口の戸が閉まる音がする。

すぐに、フレッドが台所に入ってきた。

「ただいま、マギー」

書類かばんを下におき、よごれた鍋(なべ)やボウル、ひらいた本、植物の残骸(ざんがい)を見まわす。マギーは手を
ズボンでふきながら、ぎこちなくほほえんだ。

「なにをつくってるんだい。ものすごいにおいがするよ」

フレッドはつかれたようすだった。笑顔(えがお)を返そうとしているけど、目は笑ってない。

罪悪感から、胸がきゅっとなる。汗(あせ)ばんだ額を腕(うで)でふいた。台所はひどいありさまだ。

「おおお茶の……ブレンドをた、たた、ためしてたの」

半分だけほんとうの言葉に、身がすくんだ。

「そりゃあいい。ぼくももらおうかな」

フレッドは上着をぬいで、ため息をついた。

「フレッド、だだだだいじょうぶ?」

フレッドは腰(こし)をおろして、口をひらいた。

「実はね、今日は大変な一日だったんだ。患者(かんじゃ)の一人の容体が悪化して……。それから、フォイ卿(きょう)

たちがついに森に手をつけた。今日からはじまったようだが、このあとどんどん切られていくだろう。

こんなに早くやるとは思ってなかったな。ほんとうに、胸が痛むよ。ワイルドオークの森がもうすぐ

なくなってしまうなんて」

その瞬間、吐き気がこみあげてきた。オークの古木のうろで丸くなっていたランパスの姿が、頭に浮かぶ。ランパスがいるのに気づかないまま、ブルドーザーは木をたおすかもしれない。あるいは、ランパスが音に気づいて、うろから出ようとしたら……。それで、だれかに姿を見られたときには、どうなってしまうのだろう。

不安が胸におしよせる。

「それは、ど、どど、どれくらい、かっかかる？」

「夜は休むだろうけど、それでも数か月後には、森はなくなるはずだ」

「なにか、で……やれるこっことがあるはずだよ。フォイ……卿をと、とと、止めないと。どどど銅のどっ毒で……病気になったひひ人のこっことを、みっみんなが知ったら、きっきき、きっと……」

声がだんだん小さくなっていく。フレッドは首をふった。

「まず、ぼくには証拠の写しがない。それに問題は複雑なんだよ。そもそも鉱毒の危険性を知らない人もいっぱいいるけれど、知っている人だってたくさんいて、だけど、その人たちはこれがチャンスだと思っている。銅がとれれば、仕事が生まれるから。きみも知っているように、コーンウォールはロンドンとちがって、仕事を見つけるのがむずかしい。食べるものもなく、お金がいますぐ必要なときには、将来病気になるリスクなんて考えられないんだ」

マギーはぐっとつばを飲んだ。

「ぼくもほんとうに、できるかぎりのことはやっている。ただ、あの土地がフォイ卿(きょう)のもので、法的にそうなっている以上、結局、あいつの好きなようにできる」

フレッドはつかれたようすで話をむすんだ。

テーブルの向かいの席で、マギーは手をもみ合わせ、下をむいた。爪(つめ)はよごれ、緑色に染(そ)まっている。なにを言えばいいのかわからなかった。

28

頭がもうろうとしたまま、時が流れる。暗闇（くらやみ）の中、二日と二晩がすぎていった。体は燃えるように熱く、ふるえが止まらず、ときどき、ひきつけが起きる。奇妙（きみょう）なにおいのするお茶と薬を持って、女の子があらわれ、その後帰っていったことにも、ランパスは気づかなかった。なんとか生きのびようとして、体じゅうの細胞（さいぼう）が闘（たたか）っていた。

29

四十八時間がすぎ、薬はのこり少なくなっていた。木のうろの中へ、おっかなびっくり、おりていく。身動きのとれない場所で、うっかりランパスを傷つけたくなかった。

火曜日の朝から、マギーはいろいろためしてみた。薬を持ったまま、ランパスのようすをうかがう。ランパスは前足をのばし、体を丸めて、横向きに寝そべっていた。前足につけた薬はかわき、厚い層になっている。

「ランパス、だいじょうぶ?」

そっと声をかけた。ランパスはうごかない。

薬草がきいて、今日こそ反応が返ってくることを願っていた。ランパスが体を起こしてすわったり、用心深くうごきまわったりするところを見たかった。だけど、快方にむかっているようには見えない。マギーまで息苦しくなってくる。

薬ののこりをどうにか塗ってから、びんを横においた。いま、ランパスの体になにが起きているのか……。ひらいた傷口は見えなくなった。手をのばして鼻先にふれる。鼻はかわいて、かさかさしている。

ヤエムグラのお茶ののこりを口もとに持っていった。

「ランパス、お願い。少しでいいから飲んで」

ランパスが飲んでくれることを願って、お茶にはミルクを少し入れてきた。口をこじ開け、スプーン一杯(ぱい)ほどのお茶をたらす。もう一度やってみたら、なんとか飲んでもらえた。

「よし……」

胸に希望が灯る。ランパスはまた、お茶を飲んだ。けれど、ちゃんと全部、あるいは少しでも飲みこめたのかわからない。それでマギーは少しずつ、お茶を口の中にたらしつづけた。

あさく、かすかな息づかいが聞こえる。不安が胸の中であばれだしそうになるのをおさえられない。そうして灰色の空を見上げたマギーははじめて、自分の中に、もうだめかもしれないという気持ちがあるのに気づいた。もしかしたら、ランパスは助からないのでは……。

低いエンジン音が遠くから聞こえてきた。ランパスが元気になったとしても、タイムリミットはどんどん近づいている。フォイ卿(きょう)の一団は日ごとに、ゆっくりと、しかし着実にオークの古木にせまっていた。

30

女の子がとなりにすわっているのを、ランパスは知らなかった。どれくらい長くそばにいたのかもわからない。ただただ、目をとじたまま、意識をうしなったり、とりもどしたりしていた。つぶされ、塗(ぬ)り薬となった薬草は、持てるかぎりの力を発揮(はっき)している。しかしランパスの生き死には、いま体の中で起きている、一連の複雑な化学反応にかかっていた。

三日目の夕暮れがおりてくる。地球がゆっくりとまわり、空に星がまたたきはじめる。闇(やみ)が森をおおう。オークのやわらかい樹皮を、死番虫(しばんむし)が掘(ほ)りすすむ。メンフクロウが白くやわらかなつばさをひろげ、木々の間を飛びまわる。体のふるえが止まらない。どこまでもあがる熱に、もはや屈(くっ)するしかなかった。

金曜日の朝、色のない太陽がゆっくりとのぼった。リスがオークの古木のうろをのぞきこむ。騒々(そうぞう)しい鳴き声をあげると、もう一匹(ぴき)やってきた。小さな顔が二つ、うろのふちからのぞき、とまどったような動きをする。

ランパスは目を開けた。
ついに、熱は下がった。

31

マギーはパンのかけらにゆで卵をのせて、だまって食べた。

「なにを考えているんだい」

フレッドにきかれて、顔を上げた。皿をずっと見つめていたことに気づかなかった。フレッドはお茶をいれたマグカップを手に、テーブルの反対側にすわっている。

「もっ森のこっこと」

それは、半分はほんとうだった。森のことも考えていたけれど、頭の中のほとんどの部分は、ランパスがしめていた。ランパスはぶじに夜をこせただろうか。

「なにか、やれるこっことはないかなって」

フレッドはお茶をひと口飲んだ。フレッドの眉(まゆ)が下がるのを、マギーはじっと見た。そのあとは二人ともだまっていたが、しばらくするとフレッドはマグカップをおいた。体をのばし、テーブル越(ご)しにマギーの手をとる。フレッドの手はあたたかくて、ざらざらしていた。

「いいかい、ぼくたちは、ささやかであっても自分のやり方で、自分にできることをする。それがなにかを変えるのに、十分なときもあるんだ。いつもとはいかなくてもね。何百何千という人が自分たちにできることをしたら、ものごとはぜったいに変わると、ぼくは心から信じているんだよ。法律みたいに大きなことだって……」

やさしくほほえんで言葉をつづける。

「ワイルドオークの森は救えないかもしれないけど、それはけして、ぼくたちがあきらめることにはならない」

フレッドはお茶を飲みほして、立ちあがった。

「さてと、聴診器はどこにいったかな……」

フレッドはばたばたと、仕事に行く支度をはじめた。マギーはふと、裏口のそばにおかれた地元の新聞を見た。たたんだままの新聞の見出しが、目に飛びこんでくる。

──化けネコあらわる!?　ワイルドオークの森で巨大ネコが目撃された。信憑性は低いものの……

マギーはぱっと新聞をつかんだ。肺がつかえたように、息が苦しい。

ほんの一瞬、フレッドに新聞を見せたい気持ちでいっぱいになった。今日は仕事を休んで、いっしょに森の空き地へ行って、ランパスを助けてほしいと、伝えたくてたまらなかった。しかし、フレッドはもう、外に出ていくところだった。

「マギー、行ってくるね。また夜に会おう。今日が金曜でよかった」

「行ってらっしゃい」

マギーは新聞を床に落とした。

空き地の近くまできたら、すぐに、なにかがおかしいのに気づいた。あたりは不気味なほど静まりかえっている。オークの古木にかけより、幹に足をかけてよじ登る。

うろの中にランパスはいなかった。ぬけおちた毛と、かわいた血のあとしかない。

「ランパス！」

マギーはあわてて、まわりを見まわした。木から飛びおり、空き地のはしにむかってかけだす。ランパスの身に起きたかもしれないことを必死に考えながら、もう一度さけんだ。

「ランパス！」

早朝の陽が枝の間から、強い黄色の光をなげかけるなか、マギーは走りつづけた。木々の間をぬってうごきまわり、数分ごとにランパスの名を呼ぶ。そうして、ひと息入れるために立ちどまり、前かがみになって荒い息をしていたら、突然、肩を乱暴につかまれた。

さけびたいのに、声が出ない。

黒いあごひげをはやした男がそこにいた。口が細く開いている。

「なんで、こんなところにいる？　子どもは学校に行ってる時間だろ」

マギーはなんとか話そうとした。心臓がはげしく打っている。男をじっと見すえると、泥でよごれた、ゆったりしたジーンズ、年季の入ったコート、ならびの悪い、よごれた歯が目にとまった。

「あの……」

言葉がつかえる。

「あのっ……」

何度も、何度も、頭をはげしくふった。口は開いたまま、つづく言葉が出てこない。気管が針金でしばられ、切られてしまったかのように、空気が体に入ってこない。首をひきつらせながら、まばたきをくりかえす。

「どうした？　どこか悪いのか？」

男が手をはなした瞬間、マギーは後ろをむいて走りだした。全速力で森をかけぬけ、小川まで行く。そしてリンゴ畑を通って、家にもどった。


心が落ちつくまで、しばらく時間がかかった。台所の棚から、ハリケーンとスピットファイアのびんをとって自分の部屋に行く。びんを胸にしっかりと抱いたまま、ベッドに横になった。手のふるえが止まらない。あえぎながら、荒い息をする。そのうちにだんだん、パニックがおさまってきた。目をとじて、思いをめぐらせる。

あごひげの男にはほんとうにびっくりした。森で散策したり、犬を散歩をさせたりする人がたくさんいるのは知ってたけど、いままでだれにも会わなかったから。それに、あの人は犬の散歩じゃなかった。たぶん、工事の人。フォイ卿の一団は、思ったより近くまでせまってるんだ……。だけど、あの人、作業員のかっこうはしてなかったな。

おそろしい考えが頭をよぎる。あの人がランパスを見つけたら、どうなるだろう。もしかしたら作業員ではなく、猟師だったのかもしれない。そもそも、あの人が森に罠をしかけたのだとしたら……。

マギーは体を起こしてすわった。早く森にもどって、ランパスを見つけなければ。ランパスを見捨てることはできない。このままだと、また罠にかかることだってありうるし、木のうろに帰ってきたところを、あの男に見つかったりなんかしたら大変だ。いまのランパスはきっと、自分の身も守れないくらい弱っているから、簡単に箱や袋に入れられて、どこかに連れさられてしまう。いや、実は、ランパスはもう、夜をこせなかったのでは……。

そう考えるのはたえがたかった。あの男にまた会うかもしれないと思うと、おなかがひっくりかえりそうだけど、とにかく森にもどろう。さっきの男の視線にはぞっとした。なんとか声を出そうとして首をひきつらせている姿を、不気味だと思っているように見えた。はずかしさが胸におしよせてきて、頬が赤くなる。しかし、考えているうちに、はずかしいという感覚はべつのものに変わっていった。もっと、ずっとはげしいなにか……。固い決意のようなものが心に生まれる。

ベッドの横にカタツムリのびんをおいて、きっぱりと言った。

「いまからランパスをさがしてくる。ぜったいに見つけないと」

32

森の中をゆっくりと歩く。体の動きがぎこちない。流れるようにうごいたかと思うと、ピクッとひきつる。前足はだいぶよくなったものの、体はこわばっているし、あちこち痛む。陽の光がおよばぬ夜明けの森を、ゆったりとしたペースで進みつづける。

ランパスはこの数日間ではじめて、空腹をおぼえた。それに、のどもすごくかわいている。鼻孔がふくらむ。おかしなにおいがする。ガソリンのかすかなにおい。ゴムと、タバコのけむりのにおい。もう一度においをかいでから、ひげをばっとひろげた。明け方のさわやかな空気が満ちている。前足のけがもよくなった。しかし、ぞくっとするような不安が波打ち、体じゅうにひろがっていく。今朝は、鳥の声もいらだっている。なにかが起きている。だけど、それがなんなのかわからない。

小川にむかって、ぐるぐる曲がりながら歩いていたとき、よく知っている道とならんで、奇妙な溝がつづいてるのに気づいた。あたりのにおいもまえとはちがう。切られたばかりの木と、樹液のにおいがする。慎重に先に進むと、ざっと切りひらかれた空き地に出た。空き地の片側には、巨大な黄色い建設車両が一列にならんでいる。金属のショベルの歯、黒いゴムのキャタピラー、太いタイヤをじつと見た。これはいったい、なんだろう。

ランパスは一歩下がった。油、人間、樹液、排気ガス……。どれもいいにおいではない。それで、向きを変えて歩きだしたものの、どこに行っても、おしつぶされ、こわされたものしかない。切り落とされた木の枝。めちゃくちゃになった小道。つぶれた鳥の巣。そこらじゅうに不穏な気配がただよっている。ランパスの頬の上の枝から、クモの巣がたれていた。巣の残骸に、かすかな光がさす。そよ風にゆれる糸にしばし目をとめてから、向きを変える。

森のはしをぐるっとまわるようにして、小川のいちばん西のあたりにむかう。雪どけ水でかさをました川は波立ち、のたうち、いきおいよく流れていた。川の水をたっぷり飲んだら、力がわいてきた。ちょっと森の外に出てみよう。ランパスはおなかがすいていた。人間のいるところに行けば、食べものにありつける。

ランパスがローズマリオンについたとき、村はまだ目ざめていなかった。どこかでだれかがカーテンを開け、戸が静かに閉まり、牛乳びんがカチャリと鳴る。ランパスは暗がりに身をひそめ、空気のにおいをしばらくかいでいた。そのうちに、甘酸っぱいにおいにぶつかった。これは肉のにおいか、それとも……ごみ箱のにおいだろうか。

通りをわたって、白いしっくいの壁と茅ぶき屋根の建物の前にきた。パブはまきのけむりと、酒と、それから……残飯のにおいがする。もっと近づいて、心ひかれるにおいのもとをさぐる。折りたたみテーブルには、なにものっていなかったが、中身のあふれたごみ箱が二つあった。傷ついてないほうの前足をさっとふるうと、ごみ箱は簡単にたおれた。大量のマッシュポテト、半分になったソーセージ、筋の多いステーキのかけら、クリームがしたたる紙の容器、バターの包み紙が地面にぶちまけられる。ランパスは慎重にごみをしらべた。そうしたら、生のベーコンの皮のかたまりが見つかった。くちびるをぺろりとなめる。

正面の駐車場に車が入ってきた。バタンというドアの音がして、ランパスは顔を上げた。足音が聞こえる。こちらに近づいてくる。もう、すぐそばまできた。あわててベーコンを放りだして逃げる途中、ごみ箱に体が当たった。騒々しい音がひびきわたる。厚いウールのコートを着た女が、角を曲がってやってきた。

「だれかそこにいるの？」

女はさけびながら、手をたたいた。

ランパスはできるだけ身を低くして、壁のかげにかくれた。

「まあ、なんてこと！　また、ごみ箱をあらされたわ！」

太陽がのぼり、村がにぎわいだした。そろそろ立ちさったほうがいい。車も、人も、騒音も、ランパスは好きではなかった。大きな通りまでもどったら、できるだけすばやく通りを横切る。

そのとき郵便配達の赤い車のドアがぱっと開いて、中から男が出てきた。

「おいおいおい！　あれはなんだ？」

分厚い眼鏡をかけた若い男は、まじまじとランパスを見た。男の手から手紙や小包がすべり落ち、道にちらばった。ランパスは先を急いだ。村のいちばんはしにある家の前を通りすぎようとしたとき、頭にあざやかなスカーフを巻き、部屋ばきをはいた女がドアを開けた。女は、腕(うで)に抱(だ)いたダックスフントを外に出そうとしていたが、ランパスに気づいた瞬間(しゅんかん)、思わず犬を落としてしまった。

「バーナード！　早く来て！　あれよ！　化けネコよ！」

ランパスはふりかえらなかった。女の声が耳に入ったほんの一瞬(いっしゅん)、動きを止めたものの、すぐさま全速力で走りだした。

ランパスは森をぐるっとまわり、何時間もたってから、ようやく木のうろにたどりついた。小雨(こさめ)がぱらぱらとふっている。葉を落とした枝先から落ちるしずくは、それほど冷たくない。しかし、空き地のはしで立ちどまって、あたりのにおいをかいだら、空気は冷たくとがっていた。

なにかの気配を感じる。人間がきたのだろうか？　タバコのけむりと、タールと、汗(あせ)のにおいがする。女の子のにおいもする。あの子が来たのか、それとも……まだここにいる？

用心深く前に出て、においをかぎ、女の子の姿をさがす。女の子は雨の中、いつもの場所であぐらをかいてすわっていた。ランパスはかけより、体をぶつけた。ぬれたコートのひだに頭をうずめる。何度も、何度も、頬(ほお)を女の子の体にこすりつけた。鼻を鳴らし、体をすりよせ、また鼻を鳴らす。

「ランパス！　帰ってきたのね！」

女の子はランパスを抱(だ)きよせた。

「気分はどう？　なんだか、すごく元気になったみたい！　ランパス、なにしてるの？　ちょっと気をつけて……ねえ、あなたはなにを……あ、くしゃみ？　鼻を鳴らしてるの？　ああ、あいさつしてくれてるのか！」

女の子が笑っているのか、泣いているのか、ランパスにはわからなかった。

33

マギーは、ミトンをはめた手の甲で、涙をふいた。

「もう信じられないよ。ほんとうに心配したんだからね。こんなに元気になって……。目もきらきらしてるし、さっきからずっと飛びはねてるし……。ちょっとじっとして、前足を見せて」

寝そべるようにしむけると、ランパスは仰向けに転がった。しっぽがパタパタとうごいている。それからランパスは身をくねらせて、マギーをたたいた。マギーの腕に前足をかけようとしたとき、爪がひっかかってコートがやぶれた。

するどい痛みが腕に走る。

「ランパス、気をつけて！」

ランパスの歯は釘のようにするどい。枝をひろい、ランパスにくわえさせる。それで気を引き、少しのあいだ落ちつかせることができた。前足をそっとつかんで、けがのぐあいをしらべたあとは、ほっとして、ため息をもらした。泥と、緑色の塗り薬と、黒ずんだ血がかたまって、毛はひどくよごれているものの、傷はきれいにふさがったようだ。肉球には少し腫れている部分があるけど、膿んだり赤くなったりはしていない。

マギーは手をはなし、ふざけた感じでランパスのわき腹をなでたり、つついたりした。そうしたらランパスはすかさず、両前足でマギーの手をつかみ、腕にかみついた。

「痛いよ、ランパス」

ランパスは自分の力がわかっていないようだ。

しばらくのあいだ、たがいにちょっかいを出したり、からかったり、ふざけてたたいたりして遊んだ。土と葉を少しとっておなかにのせたら、ランパスは耳をぴんと立てて、はらいのけようとした。ときどき前足が体に当たって痛かったけれど、マギーは声をあげないようにした。おとなになったランパスは、どれだけ力が強くなるのか、想像もつかない。だけど、いまは、そんなことを考えるのはやめよう。ランパスが元気になってもどってきて、心底ほっとしたから、その気持ちを味わっていたい。

「あ、もう少しでわすれるところだった！　冷凍庫にのこっていたひき肉とポテトのパイを持ってきたの」

バッグからボウルをとりだし、オークの木まで持っていく。ランパスはいそいそと、はねるようについてきた。ところが、調理された肉のにおいをかいだとたん、気にくわなさそうにマギーをじっと見た。

「これもそんなに悪くないよ」

マギーは笑った。しかし、ランパスが食べようとしないのがわかると、あきらめてパイをバッグにもどした。

やがて空が暗くなってきた。

「もう行かないと。おそくなってきたし、そろそろフレッドも帰ってくるころだから。もう帰ってるかもしれないけど」

そんなふうに、そっと声をかけたあとも離れがたく、立ちさることができない。マギーは、ふしくれだった大きな枝の下にすわった。

ランパスが葉っぱを追いかける。風に吹かれておどる葉に飛びかかるものの、何度やってもつかまえられない。マギーは不安な気持ちでふりかえりながら、なんの心配もなさそうにじゃれているランパスを見ていた。あれから、あごひげの男には会ってないが、そのうち森にもどってくるのはわかっていた。たとえ、あの男がこなくても、ほかの人たちがやってくるだろう。郵便局で会ったおばあさんを思いだしたら、体がふるえた。自分の身に危険がせまっていることを、ランパスは知らない。

ミトンをはずし、冷たく湿った木の根にふれる。こおった地衣類におおわれた樹皮はざらざらしていた。しばらく目をとじているうちに、また、あの奇妙な感覚をおぼえた。体がぴりぴりする。なにかが全身をとてもやさしく流れていき、大きなものとつながったみたいに感じる。マギーはオークの古木や、ランパスや、ワイルドオークの森や、森の上と下にひろがるすべてのものとむすばれていた。マギーはマギー、ランパスはランパス、森は森のまま、それぞれのかたちをのこしつつ、はてしなく大きな存在が、その全部をひとつにしていた。

マギーは目を開けた。「ありがとう」と、心の中でつぶやく。その言葉が木に伝わったのかどうか、それはわからないけれど。森はランパスをかくまい、つつみこみ、傷を癒やし、命を救ってくれた。そんなことできっこないと思っていたけど、うすれゆく陽の光の中で遊ぶランパスを見ていると、たしかにできたのだという実感がわいてきた。

マギーは少しのあいだ、太陽がしずみ影が消えるまで、そこにとどまっていた。

マギーが帰ったとき、フレッドは台所で玉ネギをきざんでいた。フレッドはマギーのほうをむいてほほえんだ。

「マギー、おかえり。寒かっただろう！　こんな天気の日に、よく外に行ったなあ」

「た、たた、ただいま。今日はどうだった？」

「よかったよ。まあまあね……」

銀色の大きな鍋に玉ネギを入れながら、フレッドが答える。マギーは帽子をとりコートをぬいで、オーブンのとなりに立った。あたたまったオーブンのとびらにふれると、ぬくもりが伝わってくる。

「なにかあったの」

「いや、二人の患者から、ぼくの記憶障がいについてきかれたくらいだな」

それからフレッドは、フォイ卿がどうのこうのとつぶやいたあと、しかめつらをした。

「マギーはどんな一日だったのかな」

「わたし……」

言葉が出てこない。

「きょ今日……」

森でランパスを見つけてほっとしたこと、足のけがが治っていてうれしかったこと、オークの古木の根もとにすわっていると、ふしぎな感覚をおぼえることを伝えたかった。だけど、のどがつかえて言葉がつづかない。

「もっ森で……」

フレッドは、マギーが落ちつくまで、じっと待っていた。それからやさしく話題を変えた。

「さてと、今日はもう週末だから、あたたかくておいしい食事をつくるつもりだ。マギーも手伝ってくれるかい」

フレッドはそでをまくりあげ、食料庫にむかった。マギーは手で顔をおおった。ついにフレッドに説明しなければならなくなった。数分後、フレッドが台所にもどってきた。

「おかしいな。マッシュルームのパイとステーキをつくろうと思ったけど、何週間かまえに冷凍庫に入れたステーキ肉がないんだな……」

フレッドは首をふりながら、ぶつぶつつぶやいている。

「ほんとうに記憶があやしくなったかもしれないぞ。ほかにもいろいろあったはずなんだが……。

そしたら今日は、チキンとポロねぎでなにかつくろう」

フレッドはくるっと後ろをむいて、台所から出ていった。

マギーは身をかたくした。今度こそ気づかれるにちがいない。あまり太くないネギのたばを片手に持って、フレッドがもどってきた。

「そういえば、明日は土曜だから、どこか遊びにいったらいいんじゃないかと思ってたんだよ。今晩は嵐(あらし)になるようだけど、朝にはあがるらしい。もしよかったら、ヘルフォードに行かないか。あそこには、コーンウォールでいちばんおいしいフィッシュアンドチップスを食べられるパブがあるんだ。なあマギー、どうだい」

顔がひきつり、首が赤くなる。口をひらいたものの、言葉が出てこない。

「そうじゃなかったら、映画館に行ってもいい。映画を観(み)たことはあるかい？　トルーロには映画館があるんだ。マギーが行きたければ、そっちにしよう」

「いい……」

なんとか言葉をおしだそうとしたけれど、なにも変わらなかった。のどがつかえたまま、頭と首をぐっとうごかす。

「いい、言いたい……」

マギーは口をとじた。フレッドに言うのは明日にしよう。なにをどう伝えたらいいか、考える時間がもっとあるときのほうがいい。

それでマギーは、ためらいながら言った。

「いい行きたい」

明日は土曜だから、フォイ卿たちが作業することはないだろう。

「ヘルフォードに」

フレッドはほっとしたように見えた。流しのほうをむき、ネギについた泥を落としはじめる。

「そうだ、マギーに手紙がとどいていたよ。お母さんからじゃないかな。ええと、どこにおいたんだっけ……あ、ここにあった」

マギーは台所のテーブルにおかれた手紙をとると、階段をかけあがった。この場を離れる理由をつくってもらえたのが、ありがたかった。

34

ランパスは、遠ざかっていく女の子を見おくった。帽子の先の赤いポンポンが木々の間をうごく。ランパスはもっとじゃれたり遊んだりしたかったから、そのあとも空き地をはねまわった。耳を寝かせ、爪を出し、葉っぱや枝をつかまえる。元気になって体の自由がきくのがうれしくて、ぱっと飛びあがっては、空中で体をひねる。

そのうちに、オークの古木までもどってきた。ランパスはうろの中で休むほうが多かったが、ときには太い枝に体をあずけて寝ることもあった。そのほうがのびのびできるし、逃げなければならないときもすぐにうごける。前足を一本枝からたらし、後ろ脚にしっぽをまきつけてくつろぐ。冷たい風に毛をみだされながら、半分眠っているような感じで寝そべる。

夜空に雲がひろがり、嵐がやってきたときも、枝の上でうとうとしていた。ランパスはこれまで雷を目にしたことも、音を聞いたこともない。それで、耳をつんざくような音には、すっかり肝をつぶしてしまい、その場で飛びあがった。空に閃光が走り、おそろしい轟音がひびきわたる。つぎの瞬間、ランパスはうろの中に飛びこんだ。体を伏せて、できるだけ下におしつける。雷の音はいつまでもやまず、あたり一帯にとどろいた。吹(ふ)きあれる嵐が雪をくだく。

オークのうろの中でちぢこまったランパスは、嵐(あらし)がすぎさるのを待った。近くの地面が割れる。ブナの巨木(きょぼく)が太古のうめき声をあげ、まわりの木々の枝を巻きぞえにしながらたおれていく。


やがて朝がきた。緑の芽が雪をつきやぶり、氷をとかして顔を出す。うろの外に出たランパスは、鼻の穴をひろげて、さわやかな空気のにおいをかいだ。ランパスはのどがかわいていた。木から飛びおり、小川をめざす。

水かさをました川は、これまでにないほど速く流れていた。たっぷり水を飲んだあと、川岸より高いところにある道をさぐってみることにした。ランパスははずむような足どりで進んだ。いろいろなものに興味をひかれつつ、新しいにおいをしらべる。すぐに道が細くなった。道は、大きなシダレヤナギの枝の下につづいている。ランパスは、枝の下にかくれた入り江のような場所にもぐりこみ、あたりのにおいをかいだ。人間のにおいがする。あの女の子だろうか。ヤナギの樹皮は四角くはがれていた。白くむきだしになった部分から樹液がしみでている。なめてみたら、酸味が舌をさし、思わず顔をしかめた。べつのほうに鼻をむけ、空気のにおいをかぐ。耳をぴんと立てて、周囲の音を聞く。あの女の子もここにきた。だけど、いまは近くにいない。

陽(ひ)の光がさしこむ。細く長い枝が風にゆれる。ランパスはまた、川のそばにきた。このあたりは流れがゆるやかだ。氷の張っていない水面下、川床(かわどこ)をおおう茶色い草と白っぽい石のなめらかなたまりがのぞく。魚の小さな群れが尾をふるわせてひなたぼっこをするのを、ランパスはじっと見た。そのあとでそっと、少しだけ近づいて、本能的に前足をふりあげた。しっぽの先をくるっと丸める。大きな太った魚がそばにきた。腹に金と緑のぶちがあり、銀のもようが入っている。

バンッ！

水の中につっこんだ前足が、魚をとらえた。おどろいたランパスは魚を岸に放った。胸やあごから水をしたたらせ、すかさず魚に飛びかかる。こんなに大きなものはつかまえたことがない。どうすればいいのかわからない。うろこはすべすべしていて、とがったひれは骨っぽく、獣とはちがう。それに、いつまでもバタバタとうごいている。魚をつつきながら考える。これはじゃれて遊ぶものなのか、そうじゃないのか……。しかし、ついに魚がうごかなくなると、もう一度かみついた。

突然、ランパスは動きを止めた。鼻の穴と耳がピクッとなった。なにかが近づいてくる。動物のにおいがする。

ランパスは耳をすませた。ちらちら光るヤナギの枝のすきまから、向こう岸に目をこらす。すると、大きな雄のキツネが急ぎ足でやってくるところだった。体は濃い赤さび色で、しっぽの先の毛は黒と白がまざっている。口のまわりは血でよごれていた。

ランパスはそのまま、うごかずにいた。キツネも一瞬、立ちどまり、鼻先を上げた。ランパスは何歩か後ろに下がった。しばし時がすぎた。キツネは頭を下げ、生垣の中へすっと入っていった。

ランパスがヤナギのかくれがを出たのは、夜明けと正午のあいだのころだった。ゆっくりとした走りで、森にむかう。今度は、羊が草をはんでいる草地のそばを通った。途中で立ちどまって、黒い顔の羊たちをながめる。子羊は白くふわふわしていて、ピンクの鼻が目立つ。本能的に追いかけたくなったが、そのとき、キツネのにおいがした。血のにおいもする。さっと、あたりに目を走らせる。なにかがここで起きた。狩りがおこなわれた。

ランパスは向きを変えて歩きだした。またキツネに出くわしたくなかったし、そろそろ女の子が空き地に来ているかもしれない。そうしたら、食べものをもらえる。おいしいものを食べられる。つぎは、のどにひっかかるうろこのない、ミートボールを食べたいと、ランパスは思った。

35

マギーはよく眠(ねむ)れなかった。嵐(あらし)は家じゅうの窓をガタガタと鳴らした。夢に出てきた病院は、壁(かべ)に水のたれたようなしみがあり、からっぽのベッドがならび、革の拘束具(こうそくぐ)がベッドから下がっていて、そろいのガウンを着た子どもたちが草を口に入れていた。

土曜の朝、目をさましたマギーの心臓ははげしく打っていた。木綿(もめん)のパジャマが汗(あせ)で湿(しめ)っている。母さんからの手紙は、ベッドの横のランプの前に立てかけてあった。マギーは体を起こしてすわると、もう一度手紙を読みはじめた。

一九六三年三月六日　水曜日

大好きなマギーへ

そちらで楽しくすごしているとのこと、とてもうれしく思っています。あなたがいなくて、わたしたち……とくに母さんはほんとうにさびしいです。約束したとおり、納戸(なんど)のお友だちがちゃんとお世話されているとわかったら、喜んでくれるかしら。台所の窓台に、フルートがとまれるようにしたら、気にいってくれたみたいよ。いまもフルートは横から、わたしに話しかけています。お皿を洗っていると、肩にとまってくるの。わたしは専門家ではないけど、つばさの傷はすっかりよくなったようね。いたずらっ子のウェリントンを手にのせることはまだできないけれど、定期的に箱の中をそうじしたり、のこりもののチーズを入れてあげたりしているから、きっと満足しているでしょう。ちょっと太った感じがするわね。シャーロットはいつももの静かで、なんの問題もなさそう。わたしが納戸に入って、ウェリントンにエサをやったり、ダンゴムシくんたち(みんな雄だって、どうしてわかったの?)のようすを見たりしているのを、上から見ているんでしょうね。

春のきざしがようやく見えて、みんなが大喜びだというほかは、こちらのニュースはとくにありません。わたしは庭仕事をはじめ、いつものように救世軍の慈善活動のお手伝いをしています。早くわたしの大事な娘に会いたいわ!

父さんも元気にしています。ひどい天気がつづいたせいで、仕事が少しおくれているみたい。田舎の生活を、あなたがどんなに楽しんでいるか、父さんに話したのよ。あなたがいないと、時間がなかなか進まなくて。それなのに、コーンウォール行きの列車にあなたを乗せたのは、はるか昔に感じるの。でも、もうじき会えるわ。来週の月曜から何日か、父さんといっしょに、そちらに行こうと思ってるから。あなたがどんなふうにすごしているのか、父さんも見たいんですって。今度会ったときに、話すのを楽しみにね。

こちらは雨がふりそうな雲行きになってきました。洗濯物をとりこまないといけないので、そろそろ終わりにするわね。おじいちゃんによろしく。イーブリンから愛をこめてって、伝えてほしいところだけど、わたしの愛は全部、マギーのためにとっておくわ。

いっぱいの愛をこめて

母さんより

ＰＳ　あの写真はヘルフォード川で撮ったのよ。世界でいちばん、わたしの好きな場所。あなたもそのうち、おじいちゃんに連れていってもらえるんじゃないかしら。

ひとつひとつの言葉から、母さんの声が聞こえてくる気がしてほっとした。でも、〝どんなふうにすごしているのか〟を見に、父さんもここにくると知って、状況が変わってないことをまた思いしらされる。もう二週間もコーンウォールにいるのに、吃音はぜんぜんよくなってない。ロンドンにおいてきた不安や心配ごとは、向こうに帰ったあとも、そのままそこにあるのだろう。なまなましい悪夢を思いだしたら、体がふるえた。グランビルでおこなわれているという〝治療〟の恐怖が、いままでにないほど重く心にのしかかってくる。

「マギー！　起きているか？」

階下でフレッドがさけんだ。

「お日さまが出てきたから、支度をして出発しよう。こんなさわやかな日は、ヘルフォードに行くのにもってこいだな」

マギーは手紙を伏せて、となりのテーブルにおくと、脚をぐるっとまわしてベッドからおろした。ヘルフォード川に行って貝をさがすのは楽しみだったし、今日はフォイ卿たちも森に来ないだろうけど、丸一日、ランパスをおいていくのは心配だった。ひっくりかえした砂時計の中で、時が刻々とすべり落ちていくようだ。いつまでもかくれているわけにはいかないのだろう。マギーもランパスも、ずっとここにはいられない。

「いいいま、いい行く」

マギーは下にむかってさけぶと、重い足を引きずるようにして歩きだした。

ヘルフォードは、急斜面の丘に白いしっくいの建物がならぶ小さな村だった。家から家へとジグザグにわたした色とりどりの小さな旗が、冷たい風を受けてはためく。角に立っている赤い電話ボックスは色あせ、潮風にさらされて塗装がはがれていた。

「マギー、ついたよ。車はパブのそばにとめて、まずはペンウィス入り江に行こう。子どものころによく祖母が連れてきてくれてね、ぼくがはじめてタカラガイを見つけたのもそこだし、きみの母さんにさがし方を教えてあげたのも同じ場所だ」

マギーはフレッドのあとについて、ほとんど車のとまってない駐車場から離れて、細く急な小道をたどっていった。ここにくるまでのドライブのあいだ、マギーはほとんどなにも話さなかった。車をおりたときはほっとした。石の踏越し段をこえて、ぬかるんだ草地に入る。丘の頂上付近で、フレッドは立ちどまってふりむいた。

「あそこがヘルフォード川の河口だよ」

フレッドは、生垣の先を指さした。下のほうに海があって、ボートの一団がゆれている。藍鼠色の水面は両側を岸にはさまれ、どちらの側にも、ゆるやかに起伏する草地や生垣がひろがっていた。茶色と深緑色のパッチワークのような大地をおおっていた雪がとけはじめている。マギーは、風にゆれる小さなボートのひとつひとつに目をとめた。写真で見たのとまったく同じ景色だ。

「おおおぼえてないんだけど、わたし、こっここに、きっ来たことある？」

フレッドは前をむいて丘をのぼりつづけた。そして肩越しに返事を返した。

「ああ。昔、マギーがまだ小さかったとき、お父さんとお母さんといっしょにきたよ」

「フレッド……」

「なんだい」

大股で歩きつづけるフレッドに、マギーはさらに声をかけた。

「なにがあったの？　とと、ととと、父さんと。なんで話をしないの？」

マギーはフレッドに追いついて、となりを歩いた。フレッドは言いたいことを考えていたのか、しばらくだまったあとで口をひらいた。

「あることについて意見が合わなかった。どちらにとっても大切なことだったんだが、考え方がまったくちがって……」

横目でマギーを見て、言葉をつづける。

「お父さんはけして悪い人ではないが、深い傷を負っている。お父さんは世界の秩序を見つける必要があって、そのためにものごとを正し、管理しようとしているんだ。そうしなければ、どうしても理解できないから」

「それで、けっけんかしたの？　かっ管理するって、どどどういうこと？」

「いや……」

フレッドは少し言いよどんでから、話をつづけた。

「マギーも学校でたくさん歴史を学んでいるだろうが、先生はきみたちに話を聞かせることしかできない。第一次世界大戦の時代は、ほんとうにひどかった。当時、若かったぼくは、人間が見るべきではないものをいろいろと目の当たりにした。だから、戦争から帰ってきたときは、こんなことには今後いっさいかかわるまいと誓ったんだ。一方、きみの父さんは一九四〇年代、ナチスがヨーロッパじゅうで猛威をふるっていた闇の時代に大人になった。もう二度と太陽がのぼらないのではないかと、だれもが思ってしまう時代に……」

フレッドは立ちどまり、海を指さした。

「フランスはここから遠くない。この海峡をちょっとこえたところだ。ヒトラーはこのすぐ近くまでせまってきたんだよ。いまから二十年まえというと、ずいぶん昔のように聞こえるが、そんなことはなくて……ともかく、第二次世界大戦では、ぼくは軍に入隊しなかった。お父さんにはそれが理解できなかったんだ。ぼくよりずっと若くて、第一次世界大戦のときは赤ん坊だったからね。ぼくが見てきたものを、お父さんは見ていない。それでお父さんは入隊して戦争に行き、そこでこわれてしまった。いろんなところが傷ついて……」

フレッドはためらいながらつづけた。

「心にも深い傷を負った。それは、医者のぼくにも、かならずしも癒やせない傷だった」

フレッドは河口に目をむけた。マギーは思いをめぐらせつつ、話のつづきを待った。戦争でたたかうというのはどんな感じなのだろう。本で読んだり、話に聞いたりすることはあまりにひどく、実際に起きたなんて信じられなかった。ロンドンの通りには、巨大な割れ目がまだのこっているし、家々は建てなおされている途中だし、爆弾が落ちてすべてを破壊した場所には大きな穴ができ、がれきがつまれているのだけれど。

「ぼくは良心的兵役拒否をしたと思っているが、お父さんからすれば、それは臆病者のすることだ。しかも、ぼくは医者なのに、入隊して役にたとうとしなかったのが、お父さんにはゆるせなかった。いまもきっと、そうだろうね。ぼくたちが最後に話したのはそのことだ。きみがここにきたときだよ。ぼくたちは一晩やりあって、そのあとは……」

フレッドはため息をついた。

「それぞれの道を行くのがいちばんいいと思った。だけど正直なところ、ぼくにとってほんとうにつらいできごとだった。きみの母さんにも、マギーにも、ずっと会えなかったし」

フレッドは肩を落として、マギーのほうをむいた。その姿が一瞬、すごく歳をとって見えた。フレッドはどれだけ傷ついただろう。胸がきゅっと痛んだ。マギーは腕をのばし、小さな手をフレッドの手の中にすべりこませた。皮膚がかたくなり、ざらざらした手をにぎりしめる。

「いいいまは会えるよ」

フレッドはうなずいて、マギーの手をにぎりかえした。二人はしばらくのあいだ、だまって歩きつづけた。

マギーは母さんのことを考えた。母さんもつらかったのはまちがいない。ときどき電話で話すだけで、フレッドに会ったり、ここにきたりできなかったのだから。それから、父さんのこともいろいろ頭に浮かんだ。父さんの机の上にあるガラスの入れものの中でかがやく勲章や、食べおわったあと、かならずきちんとそろえておかれるナイフとフォーク。アイロンをかけたシャツからふわっと香る、わずかにつけたのりのにおい。始終ネクタイを直している姿。マギーがさよならを言ったときは、遠くを見たまま、背筋をのばし体をこわばらせていた。マギーが抱きしめたときに、きちんと抱きしめかえしてくれたことなど一度もない。

「わたしは父さんを愛そうとしてるんだけど、そうさせてくっ、くく、くれないの」

「お父さんにも、どうしようもないことなんだよ」

森で聞こえた言葉が、頭のすみでそっとひびく。この世界で生きていくのは、なんて大変なのだろう。

切りたった斜面の古びた歩道を、フレッドはなれたようすで、ときどき曲がりながらくだっていった。途中に小さな木の看板があって、ねじれた矢印は〈ペンウィス入り江〉をさし、ひとつづきの石の階段につづいていた。足をひろげて、ぴょんぴょんおりていかなければならないような急な階段だった。下までたどりついたら、フレッドはブーツと靴下をぬいで、ズボンのすそをまくりあげた。マギーも同じようにした。足の下に感じる砂利は、氷のように冷たい。こんなに石の多い海岸ははじめてだった。

潮の引いた水ぎわでは、フジツボにおおわれた岩が、ぬれた砂からつきだしていた。まずはそのあたりをしらべてみようと思って、マギーは走りだした。ふきつける風は、胸の重みをときほぐしてくれる。少なくとも、父さんとフレッドが口をきこうとしないわけがわかって、ある意味よかったけれど、恐怖心もまたあおられた。すべてを管理しようとしている父さんは、マギーの吃音も治すつもりで、それでグランビルに行かせることを決めていたらどうしよう。これからも父さんの心がこわれたままだったら……。

すんだ水に足をひたしてみる。波が渦巻き、足首のあたりをひたひたと洗う。水の冷たさが肌につき刺さる。

「マギー、あったぞ！」

親指と人さし指でつまんだなにかをかかげて、フレッドがさけんだ。

「タカラガイを見つけたよ。ほら、見てごらん」

ぱっとふりむいたマギーは、海岸を走ってもどった。足の感覚はほとんどうしなわれている。フレッドはマギーの手のひらに、あざやかな桃色の貝をのせてくれた。

「きっきれいだね」

鼻先まで持ちあげて、まじまじと見た。マギーの爪とほとんど変わらない大きさだ。ひっくりかえすと、ぎざぎざした細い割れ目が、クリーム色の平らな面のはしからはしまでのびている。なんて美しいかたちの貝だろう。

「今度は自分でさがしてごらん。小石の中にまぎれているから、目をこらして見るんだよ。ぼくの最高記録は、午前中だけで三十七個。今日は二人でそれをこえられるかやってみて、もし記録を更新したら、マギーに一シリングあげよう」

一シリングもあれば、どれだけたくさんのおかしを買えるだろうと、マギーは思った。

「やってみる」

そのあとまもなく、「あった」と、フレッドが声をあげた。

「と思ったら、もひとつ見つけた。勘はにぶってなかったな。ぼくはいまでもコーンウォール一の貝さがし名人ってわけだ」
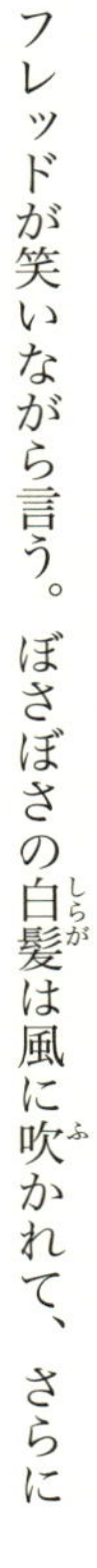
フレッドが笑いながら言う。ぼさぼさの白髪は風に吹かれて、さらに

くしゃくしゃになっている。

マギーはあたりをよくよく見まわした。見つけたと思っても、ただの小石だったというのが何度もくりかえされた。でも、そうでないこともあって、ポケットの中はすぐに、いろいろなたからものでいっぱいになった。


昼に近づくころ、フレッドは二十九個、マギーは三個のタカラガイを見つけた。マギーはフレッドに言われて、ポケットの中身を平らな岩の上にひろげてみた。ツブガイ、ザルガイ、黄金色のタマキビ、人の肌みたいになめらかなガラスのかけら、銀色にかがやく口を大きくあけた、くすんだ青色のイガイ。紫がかった桃色、薄緑色、あざやかな黄色、クリーム色、金色など、いろんな色が目に楽しい。


「はじめてにしては上出来だよ。そろそろ、おなかがすいたんじゃないか」

マギーはにっこりして、うなずいた。それから貝を集めて、のこらずポケットにもどした。

パブ〈船長の腕〉の中は薄暗く、あたたかかった。明かりがぼんやりと灯った小さな店は、客でいっぱいで、パイプのけむりとビールのにおいが充満している。フレッドはカウンターの近くのすみに、テーブルがひとつだけあいているのを見つけた。マギーは、暖炉の上の古い時計に目をやった。針は一時半をさしている。海岸ですごしたひとときはとても楽しかったが、胸の中がだんだん落ちつかなくなってくる。いまごろランパスは、マギーはどうして来ないのかと思っているだろう。自分のことをさがし、森の中で待っているランパスの姿を考えたくなかった。

「マギーはなにが食べたい？」

フレッドが眼鏡をかけ、メニューをひろげた。ステーキとキドニーパイだったら、半分持ちかえって、あとでランパスにあげられるだろうか。臓物を食べるのは、あまり気が進まないのだけれど。

「ここのフィッシュアンドチップスは最高だぞ。ソーセージとマッシュポテトもあるな。ああ、この店のオニオングレービーソースはうまいんだよなあ！　あとは貝とか、パイなんかもあるけど」

なにを食べようか、決められないでいるマギーの耳に、近くの大きなテーブルでかわされた話の断片が飛びこんできた。

「きのうの夜、ナイジェル・ウィリアムズは子羊を二匹やられたってさ！　羊ははらわたを引きだされてたって話だぜ」

「ああ、おれも見た。犬のしわざじゃないな。あんなふうに、死体をばらばらにする殺し方は……」

「森で猛獣を見た人がいるって、スーが言ってたぞ。しっぽが二メートルくらいあって、緑の目をした化けものが、トリウィシック通りを歩いてたらしい」

「郵便配達のシドも見たってよ。それも二日まえ、村のど真ん中で！」

みんながはっと息をのむ。

「ブレイ・サッチャーを森に行かせろよ。銃で始末してもらうんだ」

フレッドがメニューでちょんと、マギーの頭をさわった。

「マギー？　だいじょうぶか」

マギーはフレッドのほうをむいて答えた。

「うん。ご、ごご、ごめん」

「なににするか決まったかな。ぼくはフィッシュアンドチップスにするよ。やっぱり、ぼくにはこれしかない」

「わたしも」

フレッドは立ちあがると、料理を注文するためにカウンターへむかった。マギーは椅子の背にもたれるようにしてすわり、話のつづきに耳をすませた。椅子の前脚が二本、床から離れる。

「ぼやぼやしてる時間はない。つぎはなにが犠牲になるか、わからないからな。だれかの犬か、あるいは子どもか……」

みな愕然とし、いっせいにだまりこむ。

「子どもが殺されるかもしれないっていうのか？」

「そういう可能性もあるってことだよ」

マギーはさらに後ろに、椅子をかたむけた。

36

その日、ランパスはほとんどの時間を、オークの枝の上でまどろんですごした。たまに起きあがっては、ふいにやってきた甲虫に飛びかかったり、風にゆれる影を前足でたたいたりして遊んだ。からの巣を見つけたときは地面に落としてしまい、トガリネズミを追いかけ、爪をといだ。少し寝たあとで、空き地にマーキングをする。ランパスは、この森を自分のなわばりのように思いはじめていた。ここはランパスの居場所だ。

ときどきあたりを見まわし、女の子をさがす。まだ来てない。どうして来てないのか、ランパスにはわからない。寝たり、遊んだり、周囲をさぐったり、生きものにしのびよったりするのをくりかえした。うとうとして、目がさめたら、ぶらぶら歩きまわる。やがて日が落ち、一日の終わりが近づいた。

37

マギーは指先でテーブルをつかみ、椅子(いす)をぎりぎりまで後ろにかたむけて、耳をそばだてた。

「集会をひらいたほうがいいんじゃないか。いますぐみんなで話しあうべきだよ」

「時間がたつほど、事件が起きる可能性も高くなるからな。考えたくもないことだが」

「よし、この件はおれにまかせてくれ。月曜に集会所があいてるか、メイベル・ハリスにきいてみる」

「なあジェイゴ、明日じゃだめなのか？　まちがいなく緊急(きんきゅう)事態だろう」

「そうだな。化けものが野放しだとわかってるのに、そのままにしておけないもんな」

「それに日曜はみんな仕事がないから、出席できる人も多そうだ」

「わかったよ。まずはメイベルにきいてみて、集会所があいてたら、日曜に集まろう」

ガッタン！

ものすごい音をたてて、椅子(いす)がたおれる。つぎの瞬間(しゅんかん)、マギーは石の床(ゆか)の上でひっくりかえっていた。

近くにすわっていた人たちがぱっと立ちあがり、マギーのまわりに集まった。

「だいじょうぶか？」

「頭を打った？」

「さ、手をこっちに。ゆっくり……」

答えようとしたら、言葉につまった。頭をぐっとうごかしても、のどがひきつって声が出ない。

「だだだだ……」

まわりの人たちが後ずさった。おどろきと、警戒と、当惑の色が顔に浮かぶ。

「いったい、この子はどうしたんだ？　救急車を呼んだほうがいいかな？」

「きっと頭を打ったんだよ！」

そのときフレッドがレモネードとビールの入ったグラスを持って、カウンターからもどってくるのが見えた。フレッドはあわててグラスをおくと、マギーにむかって手をのばした。

「みなさん、だいじょうぶ。さあ、マギー、立って。この子は孫娘のマギーでね、心配いりませんよ。ああマギー、椅子がひっくりかえってしまったんだな！　みなさん、ご心配ありがとう」

フレッドは椅子をなおして、マギーをすわらせた。頬が熱くなるのを感じながら、ここから消えてしまいたいと、マギーは思った。

「やあ、フレッド……」

ジーンズにフランネルのシャツを着た男が、話しかけてきた。声を低くしてつづけたものの、そのあとの言葉はマギーにもしっかりと聞きとれた。

「この子は、だいじょうぶではなさそうだよ。頭を強く打ったせいか、ちゃんと話せないんだ」

マギーはメニューを持ちあげ、椅子の上で体を低くした。フレッドは静かに言った。

「ジェイゴ、心配してくれるのはありがたいが、マギーはまったく問題ないよ。吃音があるだけだ。きみは食事をつづけてくれ。ぼくたちは平気だから」

ジーンズの男は納得してなさそうだったけれど、自分のテーブルにもどった。人々はなにやら、ひそひそと話している。

マギーはふうっと息を吐いた。頬はまだほてっている。

「マギー、だいじょうぶかい」

フレッドが、テーブルの上をすべらせるようにして、レモネードのグラスをよこした。マギーはうなずいて、フレッドを見つめた。まわりの人たちがこちらを見ているのを、目のはしに感じる。

「気にするな。あの人たちはわかってないんだから」

テーブルの下でぎゅっとこぶしをにぎった。頬がどんどん熱くなる。自分がおかしな子だと思われたからではない。あの人たちは、ランパスがおそろしい化けもののように話していた。危険にさらされているのはランパスのほうなのに、それをどうやって伝えたらいいのだろう。ブルドーザーが森に入ってきて、じきにすべての木がたおされる。オークの古木だって。あの木には太古のふしぎな力があるとわかっていても、どうすることもできない。ふと、この場でさけびだしたい衝動にかられた。

ランパスをおそれている村の人たち、ワイルドオークの森を破壊(はかい)しているフォイ卿(きょう)、ランパスのことを話しても信じてくれず、その結果、自分に嘘(うそ)をつかせて食料をぬすませたフレッドにむかって、大声でさけびたかった。

「フィッシュアンドチップス二つ」

料理をはこんできた若い女の人が、明るい声で言った。

「ありがとう。おいしそうだ」

フレッドの声を聞きながら、マギーは皿をおしやった。

二人が家に着いたのは、午後もなかばのころだった。フレッドは裏口のドアを開け、車のキーを壁(かべ)にかけた。

「マギー、どうしたんだい。パブでもほとんど食べなかったし、昼からずっとだまりこんでいるじゃないか」

もう三回も同じことをきかれていたが、マギーはまた、うなずいて答えた。

「ほんとに、だだだだいじょうぶ」

フレッドはあきらかにがっかりしている。

「そうか。じゃあ、ぼくはいまから小屋に行って、開発中の車でもいじるとするかな」

「わかった」

声をとがらせて答える。

そのあとマギーは、フレッドが庭に出ていくまで待った。落ちこんだフレッドの姿は見たくなかったし、ずっと怒っているのもいやだったけれど、いまはとにかく森に行ってランパスに会いたい。台所の時計に目をやると、針は三時四十五分をさしている。これ以上、冷凍庫のものを持ちだす勇気はなかったので、ミートボールスパゲティの缶詰を持っていくことにした。コートのポケットに缶切りをすべりこませ、裏口にむかう。運が味方してくれれば、歩いているうちに頭もさえて、名案だって浮かぶだろう。マギーは急いで森をめざした。

38

空気のにおいをかぐ。あの女の子のにおいだ！　ランパスは大急ぎでそばに寄った。女の子の脚に体をぶつける。ひざに頭をこすりつける。マギーは横によろめいた。

「ランパス、やめてよ。たおれちゃうでしょ」

マギーはどうにか足の置き場を見つけると、ひざをついた。それからランパスの首のまわりに腕をまわした。ランパスは鼻を鳴らし、マギーの肩に体をすりよせ、また鼻を鳴らした。女の子はいつもみたいに遊んでくれない。目が落ちつかない感じだ。不安そうに見える。ランパスは何度も、頬をマギーの肩にすりつけたが、マギーの表情は変わらなかった。

「ランパスにあげようと思って、持ってきたんだけど……」

マギーはポケットから缶詰を出した。

「あ、ボウルをわすれた！」

まわりを見まわしたあとで、マギーは言葉をつづけた。

「地面に直接おけばいいか。ランパス、こっちにおいで」

マギーはいつも自分がすわっている場所まで行き、泥のついた葉や枝をざっとはらった。缶を開け、冷えてかたまった中身を出す。

ランパスは気にいらず、不審そうににおいをかいだ。

「ランパス、どうしたの。ひき肉とポテトのパイも好きじゃなかったよね。生の肉じゃないとだめ？」

女の子は地面にすわった。遊ぶ気になったのかと思って、ランパスはすぐに前足で女の子をたたいた。でも、そうではなかった。

なにかがおかしい。女の子をじっと見つめる。ランパスもマギーも声を出さず、なにも言わないまま、たくさんのことを伝えあった。

39

マギーはできるだけ長くランパスのそばにいた。そうして、ようやく家についたときには、空に星が出ていた。フレッドは台所でスープをつくっていた。オリーブオイルとローズマリーの香りが家じゅうにただよっている。マギーはブーツをぬいで、手を洗いにいった。台所のテーブルには、トランプやボードゲームがたくさんひろげてあった。

ふりむいたフレッドがマギーに声をかけた。

「おかえり。どこへ行ったのかと思っていたよ。ワイルドオークの森に行ってたのかい。ちょっとおそかったね」

マギーはうなずいた。怒りと申し訳なさの両方をまだ感じていたし、ランパスのおかれている状況を思うと、おそろしくもあった。名案はいっこうに浮かばず、時間は刻々とすぎていく。

「そこに箱を出しておいたよ。きみが見つけた貝を入れられるように」

箱の中には脱脂綿がしかれている。マギーは思わず、気づいたときにはもう、フレッドにかけより、抱きついていた。

「おやおや、急にどうしたんだい」

おどろいたようすのフレッドに、マギーは言った。

「あり、ありがとう。かっ貝をさ、さ……ひろうの、た、たた、楽しかった。だだだ大事にするね」

フレッドはスプーンをおくと、マギーのほうをむいて、ぎゅっと抱きしめた。

「ぼくも楽しかったよ。また、いつか行こう」

その晩はスクラブルとチェッカーの勝負がくりひろげられ、二人はすっかり夢中になった。フレッドはマギーに負かされることがつづき、そのたびに両手を上げた。マギーはいまだけは、ランパスのことを考えるのをやめた。村の人たちのことや、森のこと、ランパスと森のために、自分になにができるかということも。


つぎの朝は、電話の音で目がさめた。朝ごはんを食べにおりていったときも、フレッドはまだ書斎にいた。マギーがシリアルをボウルに入れているところに、心配そうな表情を浮かべたフレッドがやってきた。

「おはよう。メイベル・ハリスから電話があって、緊急集会がひらかれると言うんだよ。今日の昼、村の人たちがみんな集会所に集まるらしい。くわしい話は聞かなかったが、住人の安全にかかわる大事なことだと」

フレッドは頭の横をかいて、言葉をつづけた。

「いったい、なにがあったんだろうね」

マギーは、シリアルがのどの裏にはりついた気がした。のどにつまらせないように、なんとか飲みこもうとしながら、フレッドにたずねる。

「わたしも行っていい？」

「きみが行きたかったら、行っていいんじゃないかな」

フレッドは眼鏡をはずし、目をこすった。それから台所を出ていった。

朝がすぎていくあいだ、マギーはそわそわして落ちつかなかった。そして数時間後、集会所の駐車場に入ったときには、不安はピークに達していた。駐車場は車でいっぱいだった。

「ここでおりて、ちょっと待ってて。道に車をとめてくる」

マギーは、グレーの瓦屋根の、古い石造りの建物の前に立った。ふと、サウサン小学校の校舎を思いだす。看護師のノラの姿も頭に浮かんできて、そうしたら、さらに気分が悪くなった。マギーは無意識に、左の手のひらをひっかいた。フレッドが抜糸してくれたあとはすっかりふさがった。しかし、赤黒くひきつった傷あとがのこっていて、さわると、きゅっと痛む。マギーは手のひらを見つめながら考えた。いつか、この傷は消えるのだろうか。

フレッドはすぐにもどってきた。

「よし、こっちだ」

風に白髪を乱されつつ、フレッドは重い茶色のとびらを開けた。マギーはフレッドの後ろにぴたりとついた。すぐあとにも何人か入ってきた。村じゅうの人たちが集まっているように見える。自分が〝椅子から落ちて、ちゃんと話せなかった子〟だと気づかれないように、マギーは願った。下をむいたまま歩きつづける。フレッドの手をとりたい気持ちもあったが、結局、手はにぎらなかった。

集会所は大きな茶色いホールで、おくにささやかな舞台があった。おんぼろの折りたたみ椅子がずらりとならび、熱い紅茶の入ったガラスのポットが小さなテーブルにのっている。ホールは床みがき剤と、湿ったコートのにおいがした。ほとんどの椅子がうまっていて、人々は身ぶり手ぶりをまじえて話しこんでいる。

フレッドとマギーは後方に席をとった。そのあとすぐに、太い黒ぶち眼鏡をかけ、クリップボードを持った女の人が舞台に上がった。女の人が人々の注目を集めるために手をたたくと、会場は静まりかえった。

「みなさん、おはようございます……いえ、こんにちはと言ったほうがいいでしょうか。今日はお集まりいただき、ありがとうございます。ご存じの方も多いのですが、わたしはメイベル・ハリスといって、この教区会の事務員をしています」

メイベルはせきばらいして、話をつづけた。

「さっそくですが、本題に入りましょう。最近、大きな化けネコの姿が目撃され、懸念の声があがっています。地元の郵便配達員のシド・カーティスは、このローズマリオンの村で、斑点のある生きものを見たそうです」

マギーはそっとフレッドを見た。メイベルを見つめていたフレッドは、眉をひそめて、マギーのほうをむいた。

そのとき、紫の手袋をはめたおばあさんが、ぱっと立ちあがった。

「わたしも見たわ！」

興奮して手をふりまわすおばあさんにむかって、メイベルはうなずいた。

「ええ、ドリス、そうだったわね。情報をありがとう。席についていただけると助かります。ほかにも、この地域の大切な仲間が何人も化けネコを見ていることを、お伝えしようとしたところでした。ナイジェル・ウィリアムズの農場で、子羊が襲われたという報告も受けています。二匹はひどく残虐なやり方で殺されたのです。なんと、体をばらばらにされて……」

おどろき、うろたえる人々のざわめきが会場にあふれた。

「この場で発言したい方がいらしたら、壇上にどうぞ。教区会としては、みなさんのご意見をうかがってから、対策を講じたいと思います」

人々は口々に、にぎやかに話しだした。マギーは、胸の中で心臓がつぶれるような心地がした。ざあざあという音が耳の内でひびく。怪訝そうにこちらを見ていたフレッドが、声を落として言った。

「マギー、ぼくに話してないことがあるんじゃないかい。このさわぎは、きみが助けた動物に関係しているのかな。農場で飼われている……」

ためらいつつ、言葉をつづける。

「野生的なネコに」

くちびるも口の中も、砂みたいにかわいている。言葉がまったく出てこない。マギーはまっすぐ前をむいたまま、ゆっくりとあごをかたむけ、小さくうなずいた。フレッドは首をふってつぶやいた。

「ああ、まさか……」

メイベルがおごそかに手を打ち鳴らした。

「意見や提案のある方は、席でなく、壇上でおっしゃってください。まずお名前を言い、それから率直にお話しいただけたら」

ハンチングをかぶり、ベージュのセーターを着たおじいさんが、足を引きずって歩きだした。そして舞台の横の階段をのぼりきると、静かに話しはじめた。

「ナイジェル・ウィリアムズだ。うちの羊が襲われた件だが、あんなことはこれまで一度もなかった。内臓が引きだされ、脚もぎとられて、まったくひでえざまだったよ。あれは野生の生きもの、いや野放しになっている化けもののしわざだな。とにかく、早いとこ、手を打ったほうがいい」

話しおえたナイジェルは後ろに下がった。舞台のはしには人々の列ができている。

あざやかなスカーフを頭に巻いたおばあさんが、舞台に上がった。一週間くらいまえにダックスフントを連れて、郵便局に来た人だ。

「わたしもナイジェルと同じ意見よ。罠をしかけるとか、いいかげん、なんとかしないと、つぎはなにがやられるか……。うちのティンカーズちゃんはちっちゃいでしょう。巨大な化けネコに襲われたら、ひとたまりもないわ。だから、罠でもなんでも、早くしかけてちょうだい」

つぎの人も「そのとおりです」と、壇上で話しはじめた。

「はじめは子羊、それから、大事なペット……。そのあと犠牲になるのは幼い子どもたちかもしれませんよ。考えるのもおそろしいことですが。いますぐ対策をとらないと」

さらに何人かが話したあと、列の最後にいた人が舞台に上がった。泥でよごれたコートを着て、重いブーツをはき、一直線にのびた大きな口のまわりは、黒いあごひげでおおわれている。マギーははっと息をのんだ。壇上にいるのは、森でマギーの肩をつかんできた人だ。

「ブレイ・サッチャーだ。おれが思うに、罠をしかけるんじゃなく、てっとりばやく殺せばいいと思うがね。この件は、おれとネッドにまかせてくれ。おれは四十年間、銃ではずしたことは一度もない。何人かいっしょにきて、火を使うとか、音をたてるとかで援護してくれたら、あっという間にかたがつく」

会場からさけび声があがる。

「化けものを殺せ！」

「銃で撃ってしまえ！」

マギーは、部屋がかたむいたみたいに感じた。目が痛くなり、のどがしめつけられる。そのときフレッドが立ちあがった。この場で起きているすべてがバカげているというように、首をふりながら、迷いのない足どりで会場の前方をめざす。そして、まっすぐ舞台に上がると、手をふって静寂をうながした。マギーは椅子のはしをにぎりしめた。壇上に上がらなくてはいけないのは、フレッドではなくマギーだ。マギーこそ声をあげるべきなのだ。いま、ここで真実を話し、化けものではないと言わなければ。森にいるのは、ランパスという名の、行き場をなくしたユキヒョウだと。ランパスはけして悪くない。ただ、助けをもとめているだけの生きものに、なんの責任を問えるだろう。

「ほとんどのみなさんはご存じでしょうが、わたしは医師のフレッド・トレメインです……」

フレッドはせきばらいして、話をつづけた。

「まずは一歩引いて、ちょっと冷静になりませんかね。だいぶ大きな話になっていますけど、さっきから化けネコ呼ばわりされているのはまちがいなく、ただの太ったネコでしょう。シンプルに考えたほうが正しい場合はおおいにあって、たとえば、ここ、コーンウォールのローズマリオンの村に猛獣はいません。ライオンもトラもヒョウもいるはずがないんです。この近くにはチャーリー・ティンブリルの農場があり、そこにはたくさんの野性的なネコがいますから……」

「そしたら、子羊はなんで襲われたんだ？」

口をはさんだだれかにつづき、ドリスも声をあげた。

「わたしはたしかに化けネコを見たのよ！」

「ネコが、羊の足をもぎとったって言うのか？」

フレッドは自信を持って、落ちついた声を放った。

「いままでだって、襲われていましたよ。キツネや犬につかまった家畜が、悲惨な最期をむかえるのはよくあることです。それに、みなさんがたしかに見たと言っても、人間の目が当てにならないのは、これまで証明されてきました。とくに不安を強く感じていたり、あたりが薄暗かったりしたら、見まちがえたとしてもおかしくありません。その気の毒な生きものが目撃されたのは、夜明けや夕暮れだといいますし。人間の認知機能の限界については、わたしはちょっとばかりくわしくて……」

そう言いながら、眼鏡を鼻の上におしあげたフレッドを見て、会場に笑いがわきおこる。

コツ……コツ……コツ……。

あたりが急に静まった。背が高く、やせた男が、銀の持ち手のついたステッキをついて舞台に上がった。背を丸めた男は、ステッキを床に打ちつけるようにして歩いている。

「フレッド、ありがとう、ここからはわたしが話そう。みなさん、わたしの自己紹介ははぶいてよろしいかな。昔、ローズマリオンの村をつくったのはほかでもない、わたしの一族だからね」

男は尊大な目つきで、フレッドを見た。

「フレッド、きみは下がってくれたまえ、きみがここに……」

頭の横を指でたたいて、言葉をつづける。

「問題をかかえていることは、みんな承知しているよ」

フレッドのはげしい怒りは、マギーにも伝わった。この人がフォイ卿にちがいない。目の前のフォイ卿は、マギーが想像していたよりもやせていて、ずっとよわよわしかった。フォイ卿はさらに静寂をもとめるように、片手をあげた。

「村の仲間であるみなさんの目や、言葉をうたがうなど、わたしにはとてもできないね。そいつがなんの動物かは関係ない。猛獣でも、化けネコでも、巨大ネコでも、なんとでも好きなように呼べばいいが、とにかく危険で、ここにいるべきでない生きものだ。いま問題なのはこの村、われわれの家畜やペット、なにより子どもたちが危険にさらされていることだろう。ワイルドオークの森は薄暗く危険な場所で、害虫やたちの悪いものがはびこっていると、わたしはつねづね思っていた」

マギーは手で顔をおおった。

「だが、心配にはおよばない。なぜなら……」

フォイ卿はちょっとだまってから、話をつづけた。

「こちらには銃の名手がいるし、工事の業者もすでに森に入っている。いますぐ罠をしかけ、狩猟チームを送りこもう！　なんとしてでも、われらの手で村を守るんだ」

フォイ卿が手をふって、満足げな笑みを浮かべる。

会場は大きな拍手につつまれた。

マギーは体じゅうが、息苦しいほど熱く感じた。割れるような拍手にあふれた空気は重く、精神の高揚に満ちていて、あらゆる方向からおしつぶされそうだ。

マギーはだまっていられなくなった。これ以上、何も言わずにはいられない。

40

集会所のホールが拍手につつまれているころ、ランパスはオークの古木の上のほうにいた。太い枝の上を少しずつ、できるだけゆっくりと進む。耳はぴんと立ち、目はかっと見ひらいている。黒々と光る小さな甲虫にむかって、そろそろとしのびよっていく……。

41

自分でもどうしようもなく、足がふるえる。かわいた舌がざらざらした。立ちあがったマギーはよろよろと歩きだし、会場の前方をめざした。舞台のはしに立っているフレッドを見すえたまま、足をうごかす。フレッドがいらだっているのがわかる。フォイ卿が話しおえたあとも、会場はざわめきとさけび声に満ちていた。にぎりしめたクリップボードをふりまわし、みなを静かにさせようとしているメイベルの姿が、目のはしにうつる。音もかたちもなにもかもが、まるで泡につつまれているかのようだ。マギーは舞台の横の階段をのぼっていった。そして、いちばん上の段でつまずき、よろめきながら舞台に上がった。

「あら、こんにちは。お名前は？」

メイベルは眉をピクッと上げて、マギーにきいたあと、会場を見まわした。

「みなさん、どうぞお静かに！」

マギーは、メイベルの太い黒ぶち眼鏡を見つめた。会場がだんだん静かになっていく。人々の期待が静寂を満たす。

「あなたのお名前は？」

メイベルにまたきかれたマギーは、客席を見た。語気を少し強めて、メイベルが問いかける。

「ねえ、名前を教えてくれるかしら。そのあと、あなたの意見を言ってちょうだい」

舞台のはしにとどまっているフレッドの姿が、目に入った。とまどったような表情を浮かべている。

「マーーーーー」

言いかけたあとで口をとじた。静まりかえったホールで、だれかがせきをした。マギーはもう一度言おうとした。言葉がのどから出かかっている。たったひとこと、マギーって言えばいい。まったく、どうしてこんなに発音しづらい名前なのだろう。音を発しようとすると、空気の流れがさえぎられる。かろうじて出てくるのは、長くのばした〝マ〟の音だけ。パニックが体じゅうにひろがる。マギーはふたたび言おうとした。

「マーーーーー」

自分を見て笑っていたクラスメイトや先生の姿が、頭に浮かぶ。知らない人からじろじろ見られ、批判され、指さされた記憶がおしよせてくる。マギーは下をむいた。そのとき、ふと、ランパスのことや、ランパスのために話すと約束したことを思いだした。落ちついて、もう一度やってみよう。

「マッ……ママッ……」

途中でつかえるのがこわかった。こんなに多くの人の前で、頭が引っぱられたようになったり、体をふるわせたりしたくない。どうか、お願いだから、最後までちゃんと言えますように。

マギーは口をひらいた。自分をふるいたたせ、心の中でつぶやく。さあ、マギー、言って。自分のために言うのはできなくても、ランパスのために声をあげて。

最初にのどから出てきたのは、やわらかな〝あ〟の音だ。このまま、「あの動物は……」ってはじめよう。「あの動物は化けネコではありません」と言うのだ。しかし「あの」と言いかけた瞬間、口と首をふさがれた。顔をうごかせないまま、しばし時がすぎたと思ったら、急に頭が後ろに引っぱられてふるえだした。首も肩もひきつっている。

つづく言葉は、まったく出てこなかった。

メイベルはどうしたらいいのかわからないようすだった。その場に立ちつくしたまま、ぽかんと口を開けてマギーを見ている。会場にいるほとんどの人たちもそうで、期待のこもった表情は、きまり悪く、気まずそうな顔に変わっていた。そのとき、こらえきれなくなっただれかが笑い声がもらした。そうしたら、ほかの人たちもくすくす笑いだした。心ない笑いは、考えがおよばないために悪気なく起きたものだったが、それでも笑われたことにはちがいなく、マギーの耳にはっきりと聞こえた。

気づいたときには、フレッドがそばにいた。フレッドはマギーの体に腕をまわした。そして、そのまま舞台からおり、できるだけ速く外に出た。マギーをランドローバーに乗せてから、ドアを閉める。マギーは泣いていた。ランパスの信頼に応えたかったのに、自分にはそれができなかったから。

運転席にすわったフレッドは、手をのばしてマギーの肩を抱いた。マギーがせきこむことなく息ができるようになるまで、ただただ待った。

そのあと、フレッドはやさしく言葉をかけた。

「うちに帰ろう。きみにいろいろ教えてもらわないと」

二人は台所のテーブルの前にすわった。マギーは自分のやり方で、必要なだけ時間をかけて、はじめからすべて話した。罠(わな)にかかったランパスを見つけて、急いで家から包帯をとってきたこと。罠をはずすのにどんなに苦労して、ランパスがどんなにひどいけがを負っていたか。あとでフレッドを森に連れていったら、ランパスはいなくなっていて、自分がバカみたいに思えてはずかしかったことや、首輪を見つけてランパスの名前がわかったこと、こっそり食べものを持ちだすたびに、胸が痛んだことも。それから、ランパスがはじめて近づいてきてくれて、いっしょに遊んだときは、どんなふうに感じたか……。マギーはフレッドに全部打ちあけた。ランパスのぐあいが悪くなって、こわくてたまらなかったマギーに、オークの古木はたしかに語りかけていた。森が力をくれたから、ランパスの命は助かった。元気になったランパスの姿にはほっとしたし、いっしょにいると、これまでなかったほど幸せな気持ちになる。それはなぜかというと、ランパスは野生の生きものではあるけれど、マギーのことをわかってくれるから。言葉を声にできないのは、マギーもランパスも同じだから……。

マギーが話しているあいだ、フレッドはじっと聞いていた。

フレッドは一度もさえぎったり、急(せ)かしたり、マギーが言いかけた言葉をかわりに言ったりしなかった。マギーが何度言葉につまっても、まったく動じず、目をそむけず、気をそらさなかった。やがて台所の窓からさす陽がかげり、話すことがなくなるまで、ずっと真剣に耳をかたむけていた。

「最初からきみの話をきちんと聞いていれば……」

フレッドはふるえる声でつづけた。

「ほんとうにすまなかった。さあ、コートをとっておいで。ランパスのところに案内してくれるかな。日が暮れはじめたし、急いだほうがいいみたいだ」

42

午後おそく、人の声が遠くに聞こえた。ランパスはオークの古木のうろの中で丸くなっていた。聞きなれない声に、頭をもたげる。あの女の子が来たのかと思ったけど、そうではなかった。起きあがったランパスは、ぎざぎざしたふちから鼻をつきだし、風のにおいを十分にかいだ。パタパタとうごくしっぽが、うろの内側を打つ。声を聞いているうちに胸がさわいで、ふたたびうろの中にひっこんだ。人間の声は近づいたあと、遠ざかっていった。ランパスはまた、浅い眠りについた。

何時間かたって、日のしずむころに目がさめた。なにかがおかしい。鳥たちもやたらさわがしい。今日、女の子はここに来ていない。ランパスは待った。そのあともさらに少し待ってから、自分がいま、なにに警戒しているのかわからないまま、うろから出た。

森は、ランパスの知らないにおいにあふれていた。しげみの中にしばらくかくれたあと、あたりに目をやり、ふしぎに思いつつ、ゆっくりとうごきだす。全身の感覚が張りつめている。うろの中にもどったほうがいいだろうか……。そんなふうに思ったとき、葉ずれの音と、枝が折れるようなかすかな音がした。すぐ近くで、なにかがうごいた。目の前のしげみをじっと見つめる。ランパスは風上にいるので、においをかぎとれず、なんの姿も見えなかったが、人間たちがささやきあう声がした。

「銃は八丁、用意して、待ちぶせをするのにいい場所も見つけて、できることは全部やった。べつの連中は、罠もしかけたらしい。あいつはこの森から生きて出られないな。おれが保証するよ」

「罠はどこにあるんだろう」

「大きな道の先じゃないか。トラックはそこまでしか入れないから。だけど、ほかのやつらより先に、おれたちがつかまえるぞ」

ランパスはすばやく、ひっそりと立ちさった。

あっという間に、暗闇がおりてきた。厚く重たい雲の後ろに、月がひっこむ。ランパスはオークの古木までもどれなかったので、ブナの若木に登り、しっかりした枝の上で休むことにした。高い場所にいるほうが安心できる。闇に目をこらし、耳をぴんと立てる。そわそわと、あたりに目をやる。

ガンッとか、ドンッとかいう音は、はじめは遠くで鳴っていた。しかし、しだいに近づいてきた。なにかをたたき、打ち鳴らしている音だ。いったい、なんの音なのか、どうしてこちらにくるのか、ランパスにはわからなかった。音がだんだん大きくなる。この音は好きではない。足音がした。人間の一団がやってくる。ランパスは体を起こした。大きな道を歩いてきた人間たちは、あちこちにちらばっていき、さけんだり、口笛のような音を鳴らしたりした。棒をカンカン打ち鳴らす音もする。人間たちがまわりからおしよせてくる。ランパスは毛を逆立てて、枝の上を行ったり来たりした。松明の明かりが木々の間でゆれる。明るいオレンジの火がせまってくる。けむりのにおいがするほど、もう、すぐそこまで。

ガンッ……ガンッ……。

ドンッ……ドンッ……。

「さっさと出てこい！」

「いますぐ、姿をあらわせ！」

松明を持った人間が、いまにもここにたどりつきそうだ。これ以上たえられない。パニックにおちいったランパスは、地面に飛びおり、ぱっとかけだした。

「あそこにいたぞ！」

「早くつかまえろ！」

暗がりの中、人間たちがさけんだりわめいたりしながら、松明をふりまわして追いかけてくる。ランパスは先を急いだものの、人の数はさらにふえて、目の前の小道にも、木々の中にもひろがった。アリのように、いたるところで待ちかまえている。ランパスは何度も、何度も、何度も、向きを変えた。

「とりかこめ！」

「いいぞ、そのまま！」

ランパスは走りつづけた。身をかがめた二人の間をすりぬける。すばやくうごいたから、難なく通れた。森のはしにたどりつくことだけを考える。それからも走りに走って、森のはしまできたとき、大きな音があたりの空気を切りさいた。

銃声におびえたランパスは、急に立ちどまった。森の中にもどり、やみくもに走りまわる。闇にばらまかれたオレンジの火の群れを、ともかく避けようとして、木の間を右に左に行っては返した。

ようやく、ただひとつ、松明の火のとどいてない道にたどりついた。全速力で走っていたランパスは、浅い穴があることにも、地面のようすがおかしいことにも気づかない。突然、足もとの地面がなくなった。あっという間に落ちて、体がはげしく打ちつけられたと思ったら、広く張りめぐらされた網の中にいた。ロープでできた網が体をしめつける。網が引きあげられるあいだ、ランパスは四本の足をふりまわし、のたうちまわった。威嚇の声をあげ、網の目から爪を出す。

バンッ……バンッ……。

「つかまえたぞ!」

だれかが二発、勝利の銃声を放った。森のあちこちから声がひびく。

「ついにやったな!」

数人がかりで穴の外に網を引っぱり出したとき、ランパスはまだあばれていた。足がからまったまま、歯をむきだしてうなる。人々はそのまま網を引きずっていき、大きなトラックの荷台にのせた。ランパスは網にとらわれたまま、細いすきまが二か所にある、分厚い木の檻に入れられた。

トラックのドアが閉まる。ランパスはなんとか逃げだそうとして体をよじり、思いきり檻にぶつけた。しかし、もがけばもがくほど、身動きがとれなくなっていく。

「ランパス！　だっだめっ！　やめ、やや、やめて……」

顔を横にむけ、檻に打ちつけられた板のすきまから外をのぞく。あの子が見えた。声と足音も聞こえる。女の子がこちらにむかってくる。

ドアが閉まり、トラックがうごきだした。檻がゆれる。ランパスもゆれる。女の子がどんどん遠ざかっていく……。

43

「やめ、やや、やめて……まっ待って！」

トラックのテールランプ、集まった人たちや松明（たいまつ）の火が見える。マギーは走る速度を上げた。

「マギー、待つんだ！」

フレッドがさけんでも、マギーは止まらなかった。はあはあと息をして、走りつづけようとしたが、つぎの瞬間（しゅんかん）、よろけてたおれた。ひざと手のひらが地面を打つ。爪（つめ）や鼻に泥（どろ）が入り、涙（なみだ）とまざる。

泣きながら手足をうごかし、立ちあがろうとした。早く、追いかけないと……。

「フレッド、いい行かせて」

「マギー、無理だ！」

フレッドがマギーをおしとどめる。

「だだ、だだだ、だめっ。いいいま、いい行かなかったら、銃（じゅう）でうた、うう撃たれるよ。銃声をきっ聞いたでしょ」

あふれだした言葉はところどころ、こみあげてくる怒（いか）りの涙（なみだ）にさえぎられた。

「トラックは行ってしまった。もう追いつけないよ！」

マギーはこぶしでフレッドの胸をたたいた。

「いや！　いい行く！」

「マギー、話を聞いてくれ！　ぼくはきみの味方だよ」

息ができない。あえぎながら、必死に言葉をしぼりだしながら、マギーははげしく泣きじゃくった。いくらたたかれても、フレッドはマギーをはなさなかった。

やがて、フレッドはマギーに言った。

「そろそろ帰ろう」


二人が家についたときは、もう十時近かった。マギーの顔は泥でよごれ、涙のあとがついていた。目には怒りの炎が燃えている。

「どどどどこにつ、つつ、連れていかれたと、おも、おお思う？」

台所のテーブルの前にすわって、たずねた。フレッドは上着をぬいで、帽子をとった。ランプをいくつか灯し、窓台におかれた、太く短いろうそくを灯す。

「ああいうトラックを持っている人間は、この村に一人しかいない。今日、集会所で、子羊が襲われた話をしたナイジェル・ウィリアムズだよ」

マギーは、ハンチングをかぶり、おだやかに話していたおじいさんの姿を思いだした。

「ランパスはおそらく、ナイジェルの農場にいる。檻(おり)に入ったまま、家畜(かちく)小屋か、頑丈(がんじょう)な戸のついた場所に入れられているはずだ」

フレッドはマギーの横にすわった。薄(うす)くなった白髪(しらが)をなでる姿は、とてもつかれているように見える。

「農場はどっどこ？　いいいまから、いい行こうよ」

「ああマギー、今晩は行けないよ！　それに、これからは教区会とか警察も入ってきて、いろんな手続きがあるんだから」

「わたしの話をきっ聞かなくて、悪かったたって言ってたじゃない。こっ今度こっこそ、きっ聞いて」

「もちろん聞くよ。ぼくはそう言ったからね。でも……」

フレッドは、自分が言おうとした言葉におどろいたように、途中(とちゅう)で口をとじた。

マギーはしゃっくりをのみこみ、息をふるわせて言った。

「フレッドはどど動、どど動物がすす好きだって言ってたよね。あのひひ人たちが、ランパスをだ、だだだ大事にするとおお思う？　わたしたちだったら、そうするよ。いい……かっ考えがうう浮かぶまで、こっここで……」

フレッドは深いため息をついた。後ろの窓台でろうそくがかがやき、窓ガラスを背に炎(ほのお)がゆらめく。

「まさか、ここにユキヒョウをおいておけるなんて思ってないよな」

それは頭のすみでわかっていたものの、認めたくなかった。ランパスを見はなすことはできない。

いまはまだ、ぜったいにあきらめない。

フレッドはマギーをじっと見つめた。

「ぼくはむずかしいと思うよ。それにもし……」

ちょっとだまってから、言葉をつづける。

「いや、ひょっとすると、モリーだったら……」

台所の引き出しからペンと紙をとり、なにやら書きつけながら、ぶつぶつつぶやく。

「モリーの名字はなんだったかな。あの人だったら、いい方法を知っているかもしれないぞ」

「わかってる。こっここでかっ飼えないのは。ちっちょっとの、あいだだけ」

おなかと胸がしめつけられる。目のおくがきゅっと痛む。

「せせせめ、せめて、さよならを言い……」

一瞬、言葉につまったあと、マギーは話をつづけた。

「言い……たいの」

フレッドはため息をついた。

「フレッドもお医者さんだったら、ランパスがどんなに、おおおびえてるか、わかるでしょ。いいいまにも、うう撃ちこっここ殺されるかもしれないんだよ。こっ声をあげられないなら、わたしが、かわりに言わないと」

マツの古いテーブル越しに手をのばし、話しつづけるマギーを前に、フレッドはゆっくりとうなずいた。

「そうだね。そうしたら、ぼくたちはこれからどうしようか」

「農場から、連れだすの」

「そのあとはどうするんだ？　ここには、柵もなにもないよ」

「フレッドは発明家じゃない。いっしょに、かっ囲いみっみたいなのをつつ、くく、つくって」

マギーはフレッドの手をにぎった。ざらざらしていて、あたたかな手だった。

「いまからつくるのかい」

マギーはうなずいた。

フレッドは椅子の背にもたれて、笑いだした。

「まあ、できなくはないな。ここまで連れてくるのは、ひと苦労だろうけど」

「わたしが呼んだら、ぜったい、くっ来るよ」

「それはそうだろうけど、まず農場に行って、ランパスを見つけたあと外に出さないといけないからね。そんなの簡単だと思うかもしれないが、もし農場にブレイ・サッチャーの一味がいたら、ランパスを連れだせるかどうか……」

少しのあいだ口をつぐんでから、言葉をつなぐ。

「そもそも、檻に入ったランパスを、どうやって外に出すんだ？　檻ごとはこびだすにしても、うちのランドローバーにおさまるかどうかもわからないぞ」

いったい、どうしたらいいだろう。マギー、よく考えて……。マギーは、自分に言い聞かせながら、口をひらいた。

「みっ見張りの、きっ気をひひ引くの」

檻をどうやってはこぼうかと考える。そうしたら、マギーはいいことを思いついてにっこりした。

「ほほほかのくっ車でいい行こう」

「ほかの車だって？　そんなものがここにあったかな」

マギーは、自分の考えが時間をかけてフレッドに伝わっていくのを見ていた。フレッドの薄いブルーの目がきらりと光る。

「わかってる。と、とと、とんでもないこっことだって。でででもっ、やってみなきゃ。ランパスをしし失……望させられない。それはしっしたくない」

フレッドはまだ信じられないようすで、首をふりながら言った。

「わかったよ。一か八かやってみよう。そうしたら、みんなが起きる夜明けまえに行ったほうがいい」

マギーは椅子からぱっと立ちあがった。

「早くやろう。じじ時間がないよ」

そのあとの数時間、フレッドの小屋では金属が切られ、火花が飛んだ。電動のこぎりはブンブンうなり、釘がバンバン打ちつけられて、かなづちの音が鳴りひびく。マギーはフレッドのそばで、慎重に手伝った。重い金網の長さをはかって切る。手にまめができて痛むまで、のこぎりで木の板を切り、釘でとめる。作業は少しずつ進み、薄い月明かりがさすなか、ついに、間に合わせの大きな囲いができあがった。

「よし、これでなんとかなりそうだ」

フレッドは懐中電灯で、とびらにつけた蝶番を照らした。

マギーは身震いした。冷たい風が吹きつけるなか、二人は野菜畑のそばにいた。もうすぐ夜中の一時になろうとしている。疲労が急におしよせてくる。フレッドが手を止めて言った。

「マギーは少し休んだらどうかな。あとはどっちみち、ぼくがやるしかないから」

「わたしは、だいじょうぶ」

「この計画を少しでも成功させたいんだったら、いまは体力をのこしておいたほうがいい。一時間くらい寝ておいで。準備ができたら起こしてあげるよ」

「ぜったいに、おお起こしてね」

「ああ、かならず起こすから」

強い気持ちを感じさせる目が、暗がりの中で光る。それを見たとき、マギーの胸に感謝の思いがこみあげてきた。

「フレッド、あああ、あり、ありがとう」

マギーは家の中に入り、居間に行った。暖炉(だんろ)の火はほとんど消えかけていたものの、のこり火がまだ、あたりをあたたかく照らしている。古いソファーに横になって、目をとじたあとも、マギーはなかなか眠(ねむ)れなかった。

ランパスはいま、どこにいるのだろう。眠っているのか、あるいはまだ起きていて、檻(おり)の中でおびえているのか……。まさか、けがをしていたりしないだろうか。どうか、わたしがきっと助けにくると、思ってくれていたらいいのだけれど。

44

「よお、ハンサムボーイ」

目の小さい男がタバコくさい息を吐いて、檻に打ちつけられた板のすきまからのぞきこむ。長い棒でランパスをつつく。これがもう、何時間もつづいていた。

「おまえはなんの動物だ？　チーターか？」

ランパスは威嚇の声をあげた。

男はさらにおくまで棒を入れて、ランパスのわき腹をこづいた。ランパスはぱっと向きを変え、うなり声をあげて棒をたたいた。その瞬間、棒が折れた。真っ二つになった棒が、音をたてて床を転がる。ようやく網からぬけだしたランパスは、できるだけ檻のとびらから離れた場所でうずくまっていた。

「毛皮くんはごきげんななめかな？　りっぱな歯でも見せてみろよ」

男は折れた棒をひろった。ぎざぎざの、するどい棒の先で、何度もランパスをつつく。

「ブレイ、おれはつかれてるんだ。そいつのことはほっとけ。もう夜中だぞ」

背の高い、やせた男が納屋の壁にもたれてすわっている。ブレイは、その男のほうをむいて言った。

「ネッド、なに言ってんだよ。こいつはここに、生きた状態でいるはずじゃなかったんだ。村の阿呆どもが森でうろちょろしなかったら、おれの弾はぜったいにはずれなかった。それに……」

ブレイは上着のポケットからタバコの箱を出した。

「こういう毛皮に金を出すやつは、いっぱいいるぜ。それも、大金をな」

タバコをさっとくわえて、にやりと笑う。ネッドは体をうごかし、さらに壁に身を寄せて、あくびをした。ひざの上には散弾銃がおかれている。

「おいネッド！ 目えかっぴらいて、毛皮を見とけ。こいつがここから逃げたらな……。明日の朝おれたちは頭をかきつつ、いったいどこ行ったんでしょうねってナイジェルに言うんだよ。しっかりとじこめたから心配ないと思ってても、つぎの瞬間には逃げられたりするんだから」

「ブレイ、おれたちはなんのためにここにいるんだよ。そんなことになんないために、金もらって見張ってんだろ」

「もし、うっかり寝ちまったら？」

「ふたりとも寝るってことか」

「そう言ってるだろ。バカだな」

「目の前で猛獣が檻から脱走してるのに、気づかないなんてあるか？」

「じゃあ、おれたちはずっと起きてるとして……。万が一、脱走に気づかなかったら、そんときはもう、おしまいってことだな……」

「これを使えばいい。おれはぜったいに弾をはずさないって知ってるだろう」

散弾銃をさわって言うネッドに、ブレイがかみつく。

「おまえ、まだわかんねえのか？　そのまえにおれたちが手を打つんだよ。おれが思ったのは、いま、こいつを撃って死体をかくそうぜ。どこかに逃げちまったことにしよう。それで、あとで毛皮を高く売りつける。おれはロンドンのやつらを知ってるが、あそこではこういうのが簡単に売れる。おれたちの足がつくこともない」

ランパスは檻のはしでちぢこまった。ここにいる人間たちの声、におい、なにもかもになじみがなく、頭が混乱する。

男たちは話しつづけている。

ランパスはおびえていた。

45

「マギー、起きて。準備ができたよ」

フレッドはマギーをそっとゆすった。それから小さなランプをつけた。

マギーは目を開けた。目を細くしたまま、フレッドを見つめる。

「わたし、すっかり、ねっ寝ちゃってた」

体を起こしてすわり、居間を見まわす。きのうのできごとが頭におしよせてくる。つぎの瞬間、毛布をはねのけて飛びおきた。

「いいいま何時？」

「もうすぐ四時になる」

「まっまだ、じじ時間ある？」

「ああ、急げばだいじょうぶだ」

寒さが身を刺す夜だったが、外は明るかった。マギーはフレッドのあとから小屋にむかった。見上げれば、星が散りばめられた空に、月がかがやいている。明かりがあってよかった。これからやろうとしていることには、明かりが必要だ。

「大きさは十分だと思うが、強度が足りないかもしれない」

フレッドが、小屋の戸を開け放った。

「フレッド！」

マギーは声をあげた。とりはずしたつばさや金属の破片など、たくさんの部品をのりこえて進む。

「空飛ぶくっ車を、こっこわしちゃったの？」

空飛ぶ車のつばさははずされていた。三輪の車は、牛乳配達車と馬車をつぎ合わせ、そこにロケットの一部をくっつけたみたいに見える。

「エンジンが大切なんだけど、こいつのはすごくいい。あと、これを見てくれるかな……」

フレッドはマギーを連れて、車の後ろにまわった。車の横についたレバーを引くと、ドアがひらき、それがそのまま地面までおりていってスロープになる。フレッドは、車の後部からのびたチェーンを指さした。

「ぼくはずっと運転席にいる。すぐに車を出せるように。出発するときは、きみがハンドルでチェーンを巻きあげてくれるかい？　そうしたらスロープが上がって、もとにもどるから」

つぎはぎの床からつきだした、大きなL字型ハンドルにさわりながら、フレッドが言う。

「これでスロープを操作する。スロープがあれば、大きな檻でも車にはこびこめる」

心臓がはげしく打っているのを感じながら、マギーはうなずいた。なんてすばらしい計画だろう。とんでもなく無謀だけど、ものすごくすばらしい。

「あたたかくしてきたかい？　外は冷えるからね」

「うん」

マギーはにっこりして、答えた。

つばさははずされているものの、二人の乗った車はいまにも空に飛びだしそうだ。シートベルトはフレッドのズボンのベルトを利用したもので、心もとなかった。車の前部にドアはない。マギーは、昔の歯医者の椅子みたいなシートにすわっている。エンジンがうなり声をあげ、パンッ……ドンッ……という音がして、車がうごきだした。どうにか門を通りぬけ、通りを走りだす。

「教えて。けっけっ計……作戦を、もも、もい、もう一度」

フレッドは、ハンドルがとれかかっているかのように、ぎゅっとおさえている。マギーはフレッドの運転を見ないようにした。

「いいよ。車は、農場の門の外に止める。マギーは農場にしのびこんで、まずは……ランパスを見つける。それから見張りの気をそらし、準備ができたら、ぼくに合図を送る。そのあとはできるだけ早く、ランパスを車に入れて出発するんだったね」

「どどどどんな合図をすればいい？」

「マギーのひざのあたりに、物入れがあるだろ。そこに発炎筒が入ってる。いまは首に下げておきなさい。使うときはキャップをはずし、キャップの先にこすりつければ火がつくから、そしたら空にむけるんだ。炎を見たら、すぐにかけつける。だけど……道はせまいからな。車で農場に入るには、バックするしかないかもしれないぞ」

マギーは人さし指と中指を十字にかさねて願いごとをした。時間がたつごとに不安になってくる。十キロ近く走りつづけると、牛のシルエットの上に〈トレグラル農場〉という手書きの文字のある看板が見えてきた。看板のところで道を曲がったら、フレッドはエンジンを切って、車からおりるようにと合図をした。

「幸運を」

そう、ささやきながら体をのばし、マギーの手のひらに小さなドングリをのせる。マギーはフレッドにむかってほほえんだ。そしてドングリをポケットにすべりこませ、車の外に出た。フレッドが手をふって、丘のふもとを指さす。庭をかこむように建物が集まっているのが、ぼんやりとしたシルエットでわかる。

マギーは道のはしを歩いた。丘のふもとに、金属の大きな門があった。よじ登ろうとしたところで、はたと気づく。あとでフレッドが来たときに、門は開いていたほうがいい。車をバックさせて入ってくるかもしれないのだから。そこでマギーはかんぬきを片側にずらし、門をおした。さびた大きな蝶番が音をたてる。さらに門をおしたら、ギーッという音がひびきわたった。開けかけた門はそのままに、マギーはこおりついたようになった。そのとき、犬がほえはじめた。しかし、手は止めず、蝶番の音がするたびにビクッとしながら、歯をくいしばって、すばやく門を開ける。そのあとで、胸がどきどきしているのを感じつつ、全身の動きを止めた。犬がほえたのに、だれか気づいただろうか。建物がかたまっているほうに、目をこらす。明かりがついたらどうしようと思いながら、じっと見つめる。犬はなかなか鳴きやまなかったが、結局、建物の明かりはつかなかった。

不安な気持ちは消えないまま、でこぼこした道をたどっていく。すると、大きな庭に行きついた。農場のにおいがする。堆肥と、湿った干し草のにおいだ。まずは、大きな納屋から見てみることにした。納屋の片側の大きな戸は、どっしりした革の鞍や馬勒やロープなど、馬具をおいた部屋に通じていた。そのあとは物かげに身をかくしつつ、勇気を出して、馬小屋を見てまわった。暗がりの中、マギーに目をとめた大きな農耕馬が二頭、ものめずらしそうに鼻をそっとおしつけてくる。おだやかで美しい姿に、立ちどまってなでてやりたくなったけど、やめておいた。ここにはランパスはいない。ほかの馬小屋も、干し草のかたまりや飼料の袋があるだけ。となりの小さな納屋も、急いで見にいった。しかし、馬房はからっぽで、おびえたネズミはいても、檻はない。

外が明るくなってきた。夜明けまで三十分もないだろう。建物から建物へと走るうちに、マギーはさらに心配になった。もしかしたらフレッドがまちがえていて、ランパスはべつの農場にいるのではないだろうか。柵でかこわれた場所もひとつひとつ見てまわったものの、それは鳥小屋だったり、金属でできた豚小屋だったりした。ランパスの姿はどこにもない。

くるっと向きをかえ、あちこちに目を走らせる。まったく見当がつかない。ここではなかったと、フレッドに言いにいこう。そう思って歩きだしたとき、小さなオレンジの光が目のはしにうつった。マギーは光のほうをむいた。あれは小屋なのか、もう中を見たのか、わからなくなってくる。よくよく見てみると、それは鳥小屋のおくに建っている、小さなおんぼろの小屋だった。ふたたび、明かりがゆらめいた。どうやらマッチの火のようだ。それからまた、オレンジの火がぽつんと見えた。だれかがタバコを吸っている。

マギーはそっと、小屋に近づいた。そして、よごれた小さな窓の下にしゃがんで、ゆっくりと窓をのぞきこんだ。一方のはしでブレイ・サッチャーが、やせた背の高い男とむきあっている。やせた男が銃身（じゅうしん）の長い散弾銃（さんだんじゅう）を持っているのに気づいて、マギーは息をのんだ。二人はなにやら言いあらそっていて、怒声（どせい）やくぐもった声が聞こえる。つまさきで立ち、目をこらしたら、二人の後ろになにかが見えた。あれは檻（おり）だ。ランパスはきっと、あの中にいる！

はげしいおそれと怒（いか）りを、腹の底にくらった気がした。見張りが銃（じゅう）を持っているとは思ってなかった。

そのあとはあっという間に、いろいろなことが立てつづけに起きた。ブレイがいきなり、やせた男から銃（じゅう）をうばい、弾（たま）をこめる。床（ゆか）にひざをついて、檻（おり）のすきまに銃口（じゅうこう）をつっこむ。マギーは、キャップをはずして着火させた発炎筒（はつえんとう）をかまえた。しかし、フレッドに言われたように、空にむけてではなく、となりの鳥小屋にむけて。突然（とつぜん）あかあかと燃える炎（ほのお）が、音とともにあらわれたものだから、ニワトリたちはすっかりおびえてしまった。騒々しい鳴き声に、ほかの動物たちもつられてさわぎだす。合図の炎は空高く上がらなかったけれど、どうかフレッドが気づいてくれますように！　いまは、それをたしかめているひまはない。自分が計画をぶちこわしてしまったのだと、マギーは思った。

小屋の戸がばっと開いて、二人の男が飛びだしていった。ブレイはまだ銃をにぎっている。建物に明かりがつき、犬がほえだす。ほかの動物たちも警戒して、声をかぎりに鳴いている。マギーは小屋の中にしのびこみ、檻にかけよった。打ちつけられた板と板のすきまに、手のひらをぎゅっとつける。

「ランパス、だいじょうぶ？」

小さな声で言ったら、ランパスは檻の側面に頭をおしつけ、こすりつけて、鼻を鳴らした。

「ああ、よかった！　だいじょうぶみたいだね」

フレッドの車がこちらにむかっているとしても、あの二人に気づかれずに檻をはこびだすのはむずかしそうだ。マギーは檻の中に手をさしこんだ。

「そう、マギーだよ。ここにいるから安心して。でも、急いだほうがいいな。あなたを檻から出したいけど、どうしたらいいんだろう」

檻についた木のとびらに、指を走らせる。大きなかんぬきが二つかかっていて、その上からロープが何重にもむすんである。固い結び目をほどくあいだ、マギーの指はふるえていた。マギー、急いで、早くして……。

外はもう大さわぎだ。人々のさけぶ声や、こちらにむかう足音が聞こえてくる。もう、時間がない。

ようやく結び目がひとつほどけた。すぐに、もう片方にとりかかる。ランパスは荒い息づかいで、檻の中を行ったり来たりしている。

「あと少しなんだけど……」

指先に力をこめながら、マギーはつぶやいた。

「お願いだから、早くはずれてくれないかな……。そしたら、ランパスはわたしについてきてね……あ、ゆるんだ！」

ロープの結び目がほどけたら、かんぬきがうごいた。檻のとびらがぱっとひらく。

マギーを見たランパスは大喜びだった。檻の中に入ったまま、マギーを前足でおしたり、たたいたり、体をおしつけたりしてきた。マギーは抱きしめたい気持ちをぐっとこらえて、ランパスを急かした。

「ランパス、行くよ！　時間がないの」

必死に手招きをしても、ランパスは出てこない。マギーは四つんばいになり、檻に頭をつっこんで肩まで入った。

外の物音が突然、鮮明になった。走っている人の足音や、さけび声が聞こえる。

「ランパス！　早く！」

マギーが手をのばしたそのとき、怒声が飛んだ。

「おい、おまえ！」

胸がしめつけられて、一瞬、息ができなくなる。ブレイが出口をふさぐように立ち、じっと檻を見ていた。目の前の光景が信じられず、おどろきと怒りに顔をゆがめている。

「ここでなにしてる？」

マギーは悲鳴をあげた。つぎの瞬間、万力のような指で肩をつかまれた。ふりきろうとしても、ブレイの力はあまりに強い。ここをのがれるのに、ほかの方法は思いつかず、マギーはブレイに思いきりかみついた。はげしい痛みに、ブレイが腕をおさえてさけぶ。

「このクソガキが！」

マギーは走りだした。

「ランパス！　こっち！」

ほんのわずかのあいだ、ランパスは立ちどまって、目の前の光景をながめた。庭のあちこちでニワトリが走りまわり、それを、パジャマ姿のナイジェルが夫婦そろって追いかけまわし、ガチョウがギャアギャアさわいだかと思うと、犬がほえる。マギーはふりむいた。いまにもニワトリかガチョウを追いかけそうなランパスのようすに、一瞬あわててしまう。しかしランパスは、マギーのそばを離れようとはしなかった。

「ネッド、ガキを止めろ！　大事なネコをぬすまれたぞ！　いますぐ、死ぬ気で追いかけろ！」

ブレイはずっとさけんでいた。

マギーは全速力で走りつづけた。丘の道を、ぶかっこうな車のシルエットがゆっくりとバックしながらくだってくるのが見える。いろいろなものからとってきた、ふぞろいなライトが、薄明かりの中で光っている。マギーは車にかけよった。そして、後ろのドアをバンバンたたいたところで、側面のレバーで開けなければならないのを思いだした。ぐいとレバーを引いたら、スロープがおりてきたので、そこから中に入る。だけど、ランパスはためらっているみたいだ。

夜明けの光がさすなか、二人の男が丘をかけのぼってくるのが見えた。

「ランパス、おいで」

食べものを持ってこなかったのを後悔しながら、そっと言った。

「だいじょうぶ。ここに乗るだけだよ」

男たちはどんどん近づいてくる。ランパスの目が不安そうに光る。しっぽをパタパタさせて、右に左に行ったり来たりしている。

「ランパス、お願い、早く乗って！」

ランパスはそわそわと歩きつづけている。

マギーは車をおりた。ランパスを持ちあげようとしたことは、これまでなかったから、どんな反応がかえってくるのかわからない。しかし、マギーはもう必死だった。

「ランパス、どうか、わたしを信じて」

「泥棒！　そこをうごくな！」

マギーは、両手をランパスの体にまわした。ランパスは大きくて重く、かかえこむのがやっとだ。身をよじるランパスの爪が、背中に当たる。よろよろとスロープをあがって荷室に転がりこみ、ランパスをおろす。

マギーは車をバンバンたたいた。

「フレッド！　早く、だだだ出して！」

マギーの声はとどいたようで、突然、耳ざわりな低い音とともに、車はがくんと前に進んだ。マギーは床のハンドルをまわし、スロープをもとにもどそうとした。そうしてスロープが半分くらい上がったところで、また低音がひびく。パンッという大きな音がつづく。エンジンが止まった。丘の途中までのぼっていた車は、ずるずると後退しはじめた。

46

体がすべっていかないように、奇妙な車の床をつかむ。木と金属をつぎ合わせた床に、爪あとが深くきざまれる。女の子がそばにいるのはほっとするけれど、ほかはなにもかもが落ちつかない。ガタガタゆれたり、がくんとうごいたりするし、パンッとかバンッとか、大きな音がするたびにおどろいてしまう。

突然、すべてが止まった。

ランパスの耳は、後ろむきにゆっくりとまわるタイヤの音をとらえた。途中まで上がった荷室のスロープを、女の子は心配そうに見つめながら、大きな銀色のハンドルをまわしつづけている。すぐに足音が聞こえてきた。ドスドスという音がひびき、タバコのにおいがふわっと香る。ランパスはできるだけおくまで下がった。

「ネッド、おれの脚を持ちあげろ！」

「無理だ！　車が落ちてきてるんだから」

濃いあごひげをはやした、目の小さな男が、うなったりうめいたりする声が聞こえる。男がスロープにおおいかぶさるようにして、頭や肩を車内にねじこもうとする。

女の子はハンドルから手をはなし、あたりをこぶしでたたいた。

「くっ車を、うっうごかして！」

「ネコはおれたちのものだ！　クソガキに持っていかれてたまるか！」

男はあと少しで入ってきそうだ。

シュッ……

ガチャッ……

パンッ……

バンッ……

いきなり、がくんと、前にうごいた。エンジンが息をふきかえし、うなり声をあげる。車が進みだした。力をふりしぼるように、丘をのぼりはじめる。ランパスは、のばした爪を床にくいこませた。シャーッと声をあげ、低くうなる。音もけむりもたえがたかった。あごひげの男は車にしがみついたまま、さけびつづけている。

カチャッという音がして、ランパスはふりむいた。ハンドルが、さっきとは逆の方向にまわりはじめた。ガタガタとゆれながら、スロープが一気におりる。しだいに車の速度があがる。男がとうとう手をはなした。怒声とともに、丘を転がりおちていく。さけび声が聞こえる。スロープが地面を打ち、道をこする音がひびく。

女の子はハンドルをまた、必死にまわし、今度はスロープをもどそうとしていた。ランパスは気分が悪くなってきた。さっきからずっと、体がすべってばかりいる。まわりを見まわしても、体を横にできる場所は見あたらない。バンッとかゴンッとかいう音とともに、車は走りつづける。不規則な動きとゆれはそのまま、速度だけが上がって、丘（おか）をのぼったりくだったりしている。

車は門を通りぬけ、急に左に曲がった。体をゆさぶられるのは、もう限界だった。腹がしめつけられる。ランパスは目をとじて吐（は）いた。

47

吐き気がこみあげてきて、手で口をおさえる。ランパスがもどしたもののにおいと振動があわさり、マギーもいまにも吐きそうだ。車に乗っていたのは二十分ほどだったが、永遠につづいた気がする。車のはしまではっていき、鼻の中にのこったにおいをかきけすように、車のすきまから冷たくすんだ空気を吸いこんだ。

家につくころ、夜が明けた。フレッドがスロープをおろすと、朝のかすかな陽に照らされたワイルドオークの森が、ちらりと見えた。マギーは急につかれをおぼえた。

「なんて美しいんだろう」

はじめてランパスを見たとき、フレッドは畏敬の念をこめて声をもらした。それからマギーのほうをむいて言った。

「やったな。きみはランパスを助けだした」

「ふふふたりでやったんだよ。フレッドがいなかったら、できなかった」

フレッドはにっこりして、車からおりるのを手伝ってくれた。マギーはふりむいて、一瞬、門に目をやった。

「こっここにいるのが、見つ、つつ……わかっちゃうかな」

「いや、だいじょうぶだろう。この子ががんばってくれたから」

フレッドは運転席をたたいた。

「でも、ランパスのためにも、柵の中に入れておいたほうがいい」

マギーはつかれきっていて、胸がむかむかしていた。力をふりしぼり、家の裏においた囲いへと、ランパスをさそう。

「中に入って。ここにいたら安全だから」

ランパスはしぶしぶ柵の中に入った。

「つぎはマギーがベッドに入る番だ。明日にそなえて、少し寝たほうがいい。明日というか……今日ののこりだけど」

白んだ空を見て、フレッドが言う。マギーはランパスを見た。

「ランパスをひっひとりにしたくないの。もも、もう、すすこしだけ、いていい？」

そこらの暗がりに、ブレイ・サッチャーがひそんでないとも言いきれない。

フレッドは、一度ひらいた口をとじてから言った。

「いいよ。じゃあ、毛布をとってきてあげよう」

ランパスに、囲いのいちばんおくに身を横たえた。落ちつかないようすで、しっぽをパタパタさせている。マギーはランパスのそばに寄って、寝そべった。

「わたしはここにいるよ。だれも近づかせないからね……」

話しているうちに声が小さくなり、まぶたが落ちてくる。これほどつかれたことも、これほどほっとしたことも、いままであったかどうか思いだせなかった。


数時間後、車が庭に入ってくる音で目がさめた。目をこすり、ひんやりした朝の陽ざしの中、まばたきをして身震いする。となりに寝そべったランパスは、まだ半分眠っている。マギーとランパスはならんで、ぎゅっと体を丸めていた。肩のあたりに厚手のウールの毛布がかかっている。頭が痛んで、ふらふらする。いったい、いまは何時だろう。ひどいにおいがするのに気づいて、コーデュロイのズボンを見ると、ランパスの吐しゃ物でよごれていた。ブレイ・サッチャーのこと、ランパスを助けだしたこと、帰り道に起きたことが、急に頭におしよせてくる。怒ったブレイの顔が頭に浮かんだら、反射的に体がびくっとした。いまにもブレイが玄関の戸をたたくのではないかと思ってしまう。

マギーはまた目をこすった。

バンッ……。

車のドアの閉まる音がした。人の話す声も聞こえる。マギーがよく知っている、男の人と女の人の声だ。マギーはぱっと体を起こした。だれの声かわかったら、突然、思いだしたのだ。今日は月曜日だった！

マギーがあわてて立ちあがっても、ランパスは片目を開けただけ。ランパスを囲いの中にのこし、しっかりと鍵をかけてから、急いで玄関にむかう。

父さんと母さんは、庭の入り口から玄関までつづく道に立ち、タクシーが出ていくのを見ていた。

マギーは息をきらしたまま、母さんにかけよって抱きついた。ウールのコートに顔をうずめると、母さんのにおいがした。いろいろな感情にのみこまれ、それをときほぐすことはとてもできない。

「ああ、マギー、会いたかったわ！」

母さんはマギーをぎゅっと抱きしめて、頭のてっぺんに何度もキスをした。

「大事な娘に、ずっと会いたかったのよ！」

マギーは体をはなした。母さんがほほえんだあと、顔をしかめる。

「わたしも」

マギーは言いかけたところで、とまどっているような母さんの表情に気づいた。いまの自分はひどくよごれ、とんでもなくくさい。ズボンはよごれ、セーターには木の葉や枝がつき、爪と指の間は土で真っ黒だ。

「マーガレットはここでなにをしてたんだ？　自分のかっこうを見てみなさい。そのにおいはどうした？　イーブリン、この子を見てくれ！」

マギーをまじまじと見ながら、そう言った父さんに、母さんが静かに声をかける。

「ヴィンス、まずはあいさつをしたら」

「マーガレット、なにをしてたのか答えなさい」

マギーは父さんを見た。

「とと、ととと父さん……」

父さんの目にさっと、失望の色が浮かぶ。ぴかぴかのスーツを着ている父さんを、抱きしめていいものかわからない。

そのとき、フレッドが家から出てきた。つかれた顔をしているものの、少なくとも、きれいな服に着がえている。砂利道をふみしめる足音がひびく。重苦しく、居心地の悪い沈黙があたりにただよった。おなかにハエの群れを入れられたみたいに、そわそわして落ちつかない。マギーは大人たちの顔を、順々に見まわした。フレッドが父さんに手をさしだした。

「ヴィンセント、よく来てくれたね。実は、きのうの夜……」

ちょっとだまったあとで言葉をつづける。

「まあ、いろいろあって。話すことがたくさんあるんだ」

フレッドと握手するあいだ、父さんはひとことも話さなかった。父さんの口もとを見れば、怒っているのがわかる。そのあとフレッドは母さんのほうをむいて、ずいぶん長く抱きしめていた。

「父さん、ひさしぶり」

母さんがそっと声を放つ。父さんがせきばらいすると、抱きあっていた二人は離れた。父さんはかがんでスーツケースを持った。

「そろそろ中に入ろう。あと……マーガレットはそのかっこうをなんとかしなさい」

父さんはそっけなく言ってから、フレッドについて家に入った。

「マギー、待って」

母さんが手袋をはずし、コートのポケットに手を入れた。

「あなたに会いたがっていた、だれかさんがいてね……」

「ウェリントン！」

のどにこみあげてくるものを感じた。ウェリントンを手のひらにのせて持ちあげ、頬を寄せる。

「すっごく会いたかったよ！　あとでランパスを紹介するね。あなたを傷つけることはないと思うんだけど……どうだろうな。会わせるときは、わたしがちゃんと気をつけるから」

マギーは母さんのほうをむいた。

「ウェリントンをつ、つつ、連れてきてくれて、あり、ありがとう」

母さんはにっこりして、マギーの髪をなでた。そして、髪についた小さな枝をとってくれた。

「フルートと、シャーロットと、ダンゴムシくんたちも連れてきたかったんだけど、それはちょっとできなかったの。でも、おとなりのバイナーさんが家のようすをときどき見てくれることになってるから、みんな元気に待ってると思うわ。そしたら……あなたはまず、おふろに入って、それからたっぷり話を聞かせてちょうだい」

「話すこっことが、たくさんあるの」

家にむかって歩きながら、マギーがそう言ったら、「待ちきれないわね」と、母さんが答えた。

ところが、二人が玄関についた瞬間、怒声が庭にひびきわたった。

おどろいてふりむくと、人々が庭の砂利道を通って、こちらにむかってくるところだった。おなかに重たいものが落ちていく心地がする。先頭にいるのはブレイ・サッチャーと、きのうの夜、いっしょに小屋にいた男だ。ブレイは、太くて長いロープを持っている。人々はひどく腹をたてていて、マギーの姿を見たら、さらにわあわあさけびはじめた。それぞれが鋤やレーキ、長い棒を手にしている。

「これはなに？　マギー、急いで、おじいちゃんを呼んできて」

しかし、フレッドはもう、外に出てきていた。すぐ後ろに、けわしい顔をした父さんがいた。

「ぼくにまかせてくれ。ちょっと話してくる」

フレッドがそばを通りながら言った。

母さんはすっかり困惑して、マギーのほうを見た。

「状況がよくわからないけど、マギーは早く、うちに入って」

「いや……。こっここで、みっ見てる」

その瞬間、肩をぐいとつかまれた。

「母さんに言われたのが聞こえただろう。家に入ってなさい」

マギーは父さんの手からのがれようとして、身をふりほどくと、フレッドのもとへと走った。フレッドは両手を上げてふりまわしながら、どうか下がってもらえるよう、人々に語りかけている。

はげしい言葉がつぎつぎにふってくる。

「猛獣はここにいるってわかってるぞ！」

「いますぐ連れてこい！」

「この件はブレイにまかせておけばいいんだ！」

「ねえ、ちょっと、あの子を見てよ」

「みっともないわねえ」

「だれもこんなことは望んでない。あの怪物をよこしてくれれば、すぐに出ていくよ」

「集会で決まったことなんだから、早くわたしてちょうだい」

フレッドがさけんだ。

「いいかげんにしてくれ！　人の土地に、暴徒みたいに集団でおしかける権利は、どこのだれにもないはずだ。ニコルズ巡査部長を呼んで……」

ザッ……ザッ……ザッ……。

フレッドの言葉は、銀の持ち手のついたステッキが砂利をたたく音にさえぎられた。人々の前に立ったフォイ卿が、力強い声で話しはじめる。

「トレメイン先生、われわれには十分、その権利があるはずだ。あの生きもののせいで、村が危険にさらされているのだから、殺処分してもらわないと困るのだよ。正気をうしなったきみがどう思おうと、ここは野生のヒョウが暮らす場所ではない。あいつの息の根はニコルズ巡査部長に止めてもらおう」

フォイ卿(きょう)の言葉に、マギーは、ひざの力がぬけるのを感じた。一度はランパスを失望させてしまったけれど、今度ばかりはそうしたくない。フレッドの腕(うで)にそっとふれる。フレッドはマギーを見つめた。視線をかわした一瞬(いっしゅん)のあと、フレッドはうなずいた。

「言いたいこっことがあるの。二しゅ、週間まえ、罠(わな)にかか、かかったユキヒョウをみっ見つけました」

マギーは目を上げて、人々の顔をまっすぐ見た。ここにはとてもたくさんの人がいて、マギーの話を聞いていた。胸の中で心臓がはげしく打っている。息を吸いこみ、心臓をうごかす。体がとんでもなく熱くなったかと思うと、人々の顔がぼやけた。

人々はしんと静まっている。

聞こえるのは、自分の心臓の鼓動(こどう)だけ。

だれかがせきをした。

そのあとはまた、静寂(せいじゃく)がつづいた。

マギーは目をとじた。ランパスがはじめて目を開けて、自分を見たときのことが頭に浮(う)かぶ。前足を罠(わな)にはさまれたランパスは、とてもおびえていた。

マギーは声を張りあげた。

「名前はランパス。かっ怪(かい)……ぶ……つ……ではありません。どどどうして、こっここにきっ来たのかわかりませんが、ゆゆ行き、行き場がひっ必要です。そのままの自……分でいられるば、ばば、場所が。フレッドとわたしは、ランパスをきっきちんと世話してくれる、とと、とこ、ところをみっ見つけるし、それまでは、にっ逃げださないよう、がっ頑丈な柵の中に入れておくから安全です。ランパスも、みっみなさんも。ランパスは、かっ怪、怪物などではなく、かっ感情のある、たたた助けをもっもも、もとめてるいい生き、生きものです。わたしたちと同じ。だだ、だだだ、だから、きっ傷つけないで。ありのまっままでいられるように、そっとしておいて」

マギーはごくりとつばを飲んだ。言いたいことはすべて言った。話しているあいだ、何度もつかえたけど、とにかく全部言葉にできた。

フレッドがマギーの腕に手をおいて、そっとにぎる。

はげしくあたたかな、マギーの心の内にあるなにかが自由になった。

ついに、言いたかったことを言った。

これまで感じたことがないほど、とても気分がいい。いまの気持ちをあらわす言葉をさがしてみる。ほっとしたというのでは足りない。もっと強いなにかだ。これはそう、誇らしさ……。宙に浮いているみたいに体が軽く、自分が誇らしかった。思いを伝え、わかってもらうことはできる。自分の声はきっと、とどく――。

「この子の言うとおりかもしれないわね」

後ろのほうにいた、背の高い女の人が言う。ブレイ・サッチャーが人垣をおしわけ、前に出てきた。

「いいや。このガキはうちの村に来てから、問題ばかり起こしてるぜ」

ブレイは地面につばを吐(は)いた。

マギーはあごをくっと上げて、ブレイの視線を受けた。

48

ランパスは耳をぴんと立てた。片方の耳を前にむけ、もう片方を後ろにたおす。ほぼ前後どちらにもむいた耳で、人間たちの声とざわめきと、家の音を受けとめる。女の子の声が聞こえる。この声は、どこにいてもわかる。ランパスは立ちあがり、ぐるぐる歩きまわった。金網(かなあみ)がじゃまだ。なんで、いま、ここに女の子がいないのかわからない。

49

ブレイは朝の光の中、目を細くして、マギーをじっと見た。マギーもするどい視線を返す。

「なあブレイ、この子の言ったとおり柵(さく)の中にいるんだったら、もういいんじゃないか」

くたびれた茶色い帽子(ぼうし)をかぶったおじいさんが言うと、後ろのほうから声があがった。

「檻(おり)を見せてちょうだい！」

「ほんとうにしっかりとじこめてあるんだろうな！」

「静粛(せいしゅく)に！」

フォイ卿(きょう)はそう言って、ステッキの先をマギーの顔にむけたが、マギーは一歩も引こうとしない。

「よそ者のおまえがわれわれに指図するとは、いったいどういうつもりかね。ナイジェルの農場におしいって家畜(かちく)をおびえさせ、あの生きものをぬすみだしたのは、もはや犯罪だとわかっているのかな。頭のおかしいじいさんもおまえも、自分のことすら満足にできないのに、猛獣(もうじゅう)の世話などできるわけなかろう」

フォイ卿(きょう)はフレッドのほうをむいて、ステッキを左右にゆらした。

「ただちに引きわたせ。さもないと、罪に問われることになるぞ」

フレッドはフォイ卿をにらみつけた。

「ランパスをわたす気はない」

つぎの瞬間、いろいろなことがいっせいに起きた。

フォイ卿がフレッドの胸をステッキでつき、ブレイがマギーにむかってきた。人の波がおしよせてくる。体をおされたマギーは、よろけてたおれた。父さんは意を決したように、ブレイの上着のえりをつかんだ。フレッドがフォイ卿のステッキをはらいのける。父さんが必死の形相で、マギーにむかって手をのばす。

そのとき、警笛の音があたりの空気をつらぬいた。

「そこまで！　全員うごくな！　すみやかに解散し、ここを立ちさるように」

ニコルズ巡査部長が言い、フォイ卿を見た。

「フォイ卿、あなたもですよ」

そんなふうに、するどい声を放ったあとで、さらにつづける。

「収拾のつかない事態になってきましたが、さきほどのおじょうさんの説明は理路整然としていて納得できました。動物の管理の安全性については、このあと警察がしらべますから、みなさんはどうぞお引きとりください」

巡査部長はまた警笛を鳴らし、警棒をふった。

「さあさあ、行った行った！」

何人かはぶつぶつ言っていたものの、最後にはしぶしぶ帰っていった。マギーが顔を上げると、母さんが手をのばしていた。マギーはその手につかまり、慎重に立ちあがった。フォイ卿に目をむけたら、ステッキをフレッドにつきつけているところだった。

「いいか、トレメイン、これで終わりじゃないぞ」

「そうだろうな。ぼくたちの世界の見方は、まったくちがっているからね」

フレッドはフォイ卿のステッキをうばって、槍のようになげた。

「とっとと出ていってくれ」

フォイ卿がこぶしをふり、ゆっくりと歩きだした。マギーはそれを見とどけてから、ひざや手についたよごれをはらった。

「マーガレット」

名前を呼ばれてふりむく。すると、父さんのネクタイが曲がっているのが目に入った。父さんは、マギーが見たことのない表情を浮かべていた。こちらにむけるまなざしが、どこかやさしくなった気がする。

「たいしたスピーチだったよ……」

父さんは眉の横のすり傷をさわりながら、なかばふるえる声で言葉をつづけた。

「わたしたちも家に入ろう。みんな、身なりをととのえたほうがいい。あとで、このさわぎはなんだったのか説明してくれ」

マギーはうなずいた。父さんがスーツのポケットに手を入れたまま、家に入っていくのを見ながら、マギーもあとにつづいた。まえより足どりが軽くなって、勇気がわいてきたようだ。


その後まもなく、服を着がえて顔を洗ったマギーは、台所のテーブルの前にすわっていた。母さんと父さんも、そろそろ二階からおりてくるだろう。マギーは指でテーブルをたたいた。フレッドはお茶をいれ、チーズのサンドイッチをつくっている。疲労がおしよせてきて、それに恐怖も感じていた。ランパスが安全に暮らせる場所を見つけられなかったらどうしよう。ニコルズ巡査部長は柵を見て、ひとまず帰っていったが、ランパスをここに長くおいておくことはできないと、はっきり言っていた。

「フレッド、こっこれから、どうしよう」

フレッドはポットのふたを開け、ティーバッグをいくつか入れた。しばらくだまったあとで口をひらく。

「マギー、ぼくにもまだわからないんだ」

「巡査部……長は殺処、しょしょ処分しなきゃ、いいいけないかもって。そしたら……」

言いかけた言葉を最後まで言えなかったマギーのそばに、フレッドがやってきた。となりにすわり、マギーの手をとる。

「実は、モリー・バーキットという古い知り合いがいる。戦時中、ロンドン動物園でボランティアをしていた人なんだけど、すばらしい女性だよ。まえにモリーが、スコットランドに野生動物の保護区をつくったという話を聞いていてね、動物園に電話したら、住所を教えてもらえた。すぐに手紙を書くよ。動物園の話だと、そこには最近ちょうど、雌のユキヒョウが送られてきたらしい。まだ子どもみたいだから、ランパスと同じ歳くらいかもしれないな……」

　フレッドは少し時間をおいて、言葉をつないだ。

「マギー、なんとかしてランパスのために、いっしょに道を見つけよう」

　マギーはフレッドを見た。フレッドが本気で言っているのはわかった。でも、ほんとうにそんなことができるのだろうか。ランパスは動物園から来たわけではなさそうだし、コーンウォールの森で生きる動物でもない。事典の中でユキヒョウの生息地だとされていたアジアのどこかに、奇跡的にかえすことができたとしても、はたして自力で生きていけるのか……。飼いならされた感じのランパスが、完全に野生にもどれるとはとても思えない。マギーはランパスの顔を思い浮かべた。その感情や本能、ランパスの胸の内に思いをはせた。もし、人の言葉を話せたら、ランパスはなにを言うだろう。

「ねえ、フレッド、わたしのきっきつ吃音は治らないのかな」

　フレッドはマギーの手をそっとにぎった。フレッドの手はあたたかい。

「さっきの自分を思いだしてごらん。ほんとうに、すばらしかったじゃないか。言葉につかえても、マギーは話すのをやめなかったし、言いたいことをちゃんと言えた。言う必要のあることを言えただろう？」

「ででででもっ、話すのは、すすすごく、た、たた、大変だし、こっこわいよ」

「ああ、ほんとうにそうだよな。だけど、マギーに必要なのは時間だけで、それさえあればだいじょうぶなんだよ」

フレッドの手をにぎりかえしながら、マギーはつぶやいた。

「わたしは自……分のこっ声が、きらい。みっみんなが笑うし、バカにする。じじ時間をかっかけないで話したいの」

「自分の中の変えたいところは、だれにでもあるよ。外見や声や生まれた場所、自分の持っているものとか、持っていないものとか……」

フレッドは、ちょっとだまってからつづけた。

「ほかの人より強く、そんなふうに感じている人もいる。だが、ぼくは心から思うんだけど、この美しく複雑な世界は、ぼくたちみんなのための場所なんだ。ここは、だれもがありのままでいられるところでないといけない。それはぜったいに必要なことだ」

マギーは泣きだしそうになるのをこらえた。まさにフレッドの言うとおりだ。

火にかけたやかんがカタカタと鳴って、するどい音をたてる。フレッドがマギーの手をはなして立ちあがる。マギーは目をぬぐった。

それからすぐに、父さんが台所に入ってきた。

「やあヴィンセント、いま、みんなの食事を用意しているんだ。食料庫からミルクをとってこないと。イーブリンもそろそろおりてくるかな」

父さんはうなずいた。

「ありがとうございます。すぐに来ると思いますよ」

フレッドが台所から出ていった。マギーは父さんを見上げた。なにを言えばいいのかわからない。なにもかも話したい気持ちと、なにも言いたくない気持ちと、その両方が胸にあった。

「さっき、たくさんの人の前で……」

父さんは言いかけたあとで、口をつぐんだ。はっきりとはわからないけど、なにかをおそれているように見える。

「もっもういいよ」

マギーは小さな声で言った。その瞬間(しゅんかん)、マギーにはわかった。父さんの目にうつるマギーは世界の秩序(ちつじょ)からはずれていて、直さなければならないものなのだろう。

でも、それは真実ではないと、マギーは生まれてはじめて思った。父さんはまちがっている。

50

囲いの中をぐるぐる歩きまわる。銀のボタンのついた黒い制服を着て、奇妙な帽子をかぶった男が、柵のとびらをガタガタと鳴らした。錠を引っぱったり、あちこちゆらしたりした。男は汗と恐怖のにおいがする。

女の子はまだもどってこない。

そわそわして、行ったり来たりをくりかえす。なじみのない音とにおいが気になって、落ちつかない。女の子はどこにいるのだろう。

ランパスは立ちどまった。空気のにおいをかいでみる。女の子の気配をさぐる。家のほうに顔をむけて待つ。

女の子が来る……。

51

これまでに起きた、おどろくようなことを全部話したあと、マギーはランパスに会いたくてたまらなくなった。しかし、みんなは台所のテーブルの前にすわったまま、昼食を食べようとしていた。もうすぐ三時だというのに、いまにいたるまでだれも、なにも口にしていなかったのだ。マギーはいらいらして、木のテーブルの裏を指でたたいた。ふと、沈黙がおりてくる。

父さんがせきばらいした。

「話さなければならないことが、もうひとつあったな。これ以上、目をつぶっていてもしかたがないし……」

硬い声で話しだした父さんを、フレッドがすかさずさえぎった。

「ちょっと待ってくれ」

フレッドはサンドイッチをおいて、話しはじめた。

「さっきも言ったように、きのうも今日もいろいろあった。だから、マギーの吃音のことを話そうとしているんだったら、それは明日に……」

「マギーをあずかっていただいて感謝しています」と、父さんが口をはさんだ。

「ここの空気がきいて吃音がよくならなかったら、治療のためにグランビルに行かせるというのは、まえから話していたことでした」

父さんはちょっとだまって、水をひとくち飲んだ。マギーは皿の上のチーズのかけらを見つめた。足の裏からこみあげてくるような吐き気が、腹の中でぐるぐるまわる。ここまでがうまくいきすぎていたのだ。こんなふうに父さんがやってきて、フレッドと話したり、ランパスのことを聞いてくれるはずなんて……。

「でも、わたしはまちがっていました」

父さんの言葉に、マギーはぱっと顔を上げた。

「マーガレット、今日、村の人たちの前で、ユキヒョウと自分とおじいちゃんのために声をあげるのを聞いて思ったよ」

そこで、つばをごくりと飲みこみ、ふたたび口をひらく。

「まえよりよくなったな、と。わたしの思うようにはいかなかったのかもしれないが、たしかによくなった。いや、とてもよくなった」

マギーは父さんを見つめた。深緑色のセーター、ぱりっとした白いシャツ、こわばった肩をじっと見た。

「わたし……」

「最後まで聞いてくれ。母さんとわたしはグランビルを見にいった。言いづらいことだが、想像とはまったくちがう場所だったから、わたしたちは……」

顔の横の髪をなでて、それからまた話しはじめる。

「範囲をひろげてさがしてみた。そうしたら、聖アン小学校というのが見つかったんだ。少し遠いところにある学校だが、工夫すれば通えるだろう」

マギーは母さんのほうをむいた。いま聞いた話が信じられない。母さんはテーブル越しに手をのばし、マギーにむかってほほえんだ。マギーは母さんの手をにぎった。

「グランビルには行かなくていいのよ。父さんもそのうちわかってくれるって言ったでしょう」

「ヴィンセント、とても安心したよ」

フレッドが静かに言うと、父さんは答えた。

「いや、正直、正しい決断だったのか、うたがわしく思っていましたが、今日は確信できましたよ」

父さんはせきばらいして、食べおえた皿の上のナイフとフォークをそろえた。そのとき、マギーは父さんの視線を感じた。しきりにまばたきをしている。

「それで……」

そう言いながら、またせきばらいして、すっと視線をはずす。

「ユキヒョウはどこにいるんだ?」

マギーはぱっと立ちあがった。

「いいいまから案内するね。きっ傷つけたりしないから、安心して。ちっちょっと、つ、爪が当たっても、わざとじゃないし、あ、あそ、遊びたいだけなの」

マギーはにっこりした。母さんも笑って言った。

「カメラをとってくるわね。写真を撮りたいから」

四人そろって外を歩いているとき、午後の陽がかげりはじめた。マギーがみんなの前に立って、家の裏にまわり柵に近づく。ランパスはそわそわと歩きまわっていたが、マギーを見た瞬間、興奮して飛びはねた。

「ランパス、きたよ」

マギーはそっと言って、指を金網の中に入れた。ランパスは、頬をマギーの手にすりよせた。金網に体をおしつけ、うれしそうに鼻を鳴らす。

「まあ、嘘みたい。なんて美しいのかしら。それで……ランパスはなにをしているの？」

「あいさつだよ。鼻を鳴らして、頬をつ……つけて、かっ歓迎してるの」

ランパスが肩を金網につけながら、鼻を鳴らすのを見て、マギーは笑った。

マギーは柵の鍵をはずして、中に入った。ランパスはマギーにかけよった。脚に強くぶつかってきたものだから、マギーは横におしやられそうになった。

「ねえ、ちょっと気をつけて」

ランパスは急に大きくなったようだ。前足のぎこちない感じがなくなり、肩も少しひろくなった。

手をのばしてなでようとしたら、ランパスはマギーの腕を引っぱって、いきなり地面にたおそうとした。腕の内側に爪が当たり、コートのそでに傷がつく。

母さんが息をのんだ。父さんもきゅっと眉を上げた。

「ほんとうにだいじょうぶなのか」

マギーは急いで、爪あとをかくした。

「うん。ランパスはふざけただけ」

父さんと母さんが、不安そうに視線をかわす。ランパスは仰向けに転がり、後ろ脚でけるしぐさをした。いっしょに遊ぼうとさそっているのだ。母さんが声をかけた。

「マギー、気をつけてね」

「だだだだいじょうぶ」

「いまはだいじょうぶだけど、すぐにそうじゃなくなるぞ」

フレッドが言った。マギーは、ふかふかした耳の後ろにふれた。ランパスがわざと自分を傷つけることは、けしてない。でも、フレッドの言うとおりなのだろう。ランパスは自分の力がわかってない。ランパスが転げまわったり、ちょっかいをだしたり、マギーがそれにのって、とっくみあったりするのを、大人たちはしばらくながめていた。母さんは何枚か写真を撮った。マギーはカメラにむかってほほえんだ。

あっという間に日が暮れて、あたりは夕闇につつまれた。「うちに入って熱いお茶でも飲もう」と、フレッドが言った。

「あと、あとで、いい行く」

少しだけ、ランパスとふたりでいたい。ランパスは脚をのばし、横向きに寝そべっている。マギーはとなりにすわって、これまでのことを思いかえした。罠にかかったランパスを、はじめて見つけたときのこと。それからランパスは、もう少しで死にかけた。農場におしいり、ランパスを救いだしたあとの逃走劇。堂々と立つオークの古木からもらった言葉は、いまでも胸に感じられる。そして、とてつもなく大きな、ふしぎななにかとつながっているような感覚……。

かすみゆく地平線に目をむけた。すると、ワイルドオークの森が見えた。生きていくのは大変なことだと、マギーは思った。でも、そこには美しいものもある。とても美しいものがある。フレッドの姿が頭に浮かんで、フレッドが何年もかけて集めた、たくさんのすてきなものを思いだした。鳥の巣、木の実が入っていた殻、押し花やかわいた葉っぱ、タカラガイにドングリ……。そう、ドングリもあった。

すっかり暗くなって、深い藍色の空に星がまたたきはじめるまで、マギーは外にいた。そろそろ家に入ったほうがいいだろう。肩越しに目をやると、居間の窓に、父さんと母さんのシルエットが見えた。二人は、フレッドがつけた暖炉の火に照らされている。三人の関係もこれから変わるかもしれない。そうなったらいいのだけれど。

ランパスがしっぽをパタパタさせて、マギーを見た。マギーは手をのばし、ふわふわした銀白色の毛をなでた。手とひざを地面について、ランパスと顔をつきあわすように身をのりだす。

「ランパスが安心して暮らせる場所を見つけるね。あなたのままで、おびえないでいられるところがどこかにあるよ。すぐには見つからないだろうけど。だって、こういうのはけして簡単じゃないから……」

胸がきゅっと痛んだ。ランパスと別れることを考えると苦しくなる。マギーはささやくように言った。

「でも、だいじょうぶ。ランパスはきっと、だいじょうぶだよ」

その瞬間、ランパスがマギーを見た。おだやかな目をしている。マギーを信頼しているのがわかる。ランパスもマギーに、同じことを言ってくれているようだ。ランパスの言葉は、音や文字によるものではない。脳でつくられ、のどを通って、舌や口を使って発する言葉ではない。そうした言葉でなくとも、マギーにはたしかに伝わった。


簡単にはいかないだろうけど　だいじょうぶだよ

家のまわりの木の枝を、風がゆらした。マギーはふっと、顔を上げた。ひろい夜空の上でむすばれる星々、のぼったばかりの月、しずんでいった太陽、ほかにはどこにもないこの惑星の、ゆるやかな動きに胸をつかれる。たくさんのものからランパスを守ってくれたオークの古木の、暗くあたたかなうろに思いをはせる。丘の頂上に顔をむけると、まだ切りたおされてない木々のふぞろいなシルエットが、遠くのほうにかすかに見えた。マギーは、ランパスの体に腕をまわして抱きしめた。

「わたしは木のために声をあげる。そして、あなたのために話す。約束するね」

現在――アメリカ　コロラド州　アスペン研究所

エピローグ

大きな舞台の上に、老婦人が立っていた。白髪をショートカットにした女性は、あたたかな笑みを満面にたたえている。女性の前歯は少し欠けていた。女性は水のびんを開けて、ひとくち飲んだ。手つきは落ちついているものの、心の中ははげしくうごいている。彼女にとって、人前で話すのは大変なことだ。

上手にある巨大なスクリーンに、モノクロの写真がうつしだされた。鼻をつき合わせた女の子とユキヒョウ。女の子はほほえみ、ユキヒョウは耳をぴんと前にむけている。女の子のきゃしゃな肩に大きな前足をのせて、笑っているのではないかと思うような表情を浮かべている。写真の下には、こんな言葉が添えられていた。

自らもの言えぬものたちのために、声をあげる。それが、わたしにできる精一杯のことです。

ジェーン・グドール

女性がせきばらいすると、会場が静まった。三百人の聴衆が女性を見つめている。どうしても伝えなければならないことを、口にするのを待っている。

「こっこんにちは。わたしはマーガレット・ス……ティーブンズ。きっ吃音があるので話すのに、じじ時間……おそいのをお許しください」

マギーは聴衆の目を見つめた。冷静で自信があるように見えても、胸の内では必死に闘っていた。いまから、長年にわたって身を投じ、国際的に認められてきた自然保護活動と、そしてもっと大きなことについて話すつもりだ。

マギーの話は、小学生のころ、森を歩いていて、罠にかかったユキヒョウを見つけたことからはじまった。マギーはスライドを見せながら、ひとつひとつ説明した。おどろくような話に、聴衆は熱心に耳をかたむけた。やがて、話が終わりに近づいた。

「ランパスはそのあとも、いい生きのびました。本来あるべき、いい生き、生き方ではありませんが、十分な世話をうう受けました。わたしはよく、ススコットランドのほ、ほほ保護区まで会いにいい行きました。そっそこにはロージーというユキヒョウもいて、ランパスは満足していたようです。二匹にはなんらかのつ、つつ、つながりがあるようでした。そそそこは教育や自然保護のかっ活動を、おおこなっているば、ばば、ばば場所です」

マギーはちょっとだまって、写真を見せた。雷に打たれたあとのある、巨大なオークの木が、森の中の空き地に立っている。

「残念ながら、この……木についてはううまくいかず、千きっ九百ろろ六十三年の夏までに、ワイルドオークのもっ森は切りはらわれました。いいいまは、なにひ……なにも、のこっていません」

大きなショッピングモールの写真がスクリーンにうつった。

マギーはまた聴衆のほうをむきながら、小さな茶色いドングリをポケットから出した。

「し……かし、フォイ卿が勝ったわけではありません。こっこのドドドングリは祖父のもっものです。オークのこっ古木が切られるまえに、わたしたちはたくさんのド、ドド、ドングリをと、とと、採りました。祖父は亡くなるまえ、それをコーンウォールに植え、いいいまでは何千本もの木に育っています。こっこのたたた建物よりた、高くなって……」

マギーは、枝の間から光のさしこむ若い森の写真を見せた。

大きな舞台の上では、マギーの姿はとても小さく見える。しかし、聴衆を見わたすようすには、いきいきとしたものがあった。

「こっこの世界はこわれやすく、すすすべてのもっものはつながっている……と、わたしはワイルドオークのもっ森で知り、人生が変わりました。ととと鳥も、むっ虫も、どど動……ぶ……つも、木も話します。わたしたちとはちがう、こっ言葉を」

最後のスライドがスクリーンにうつる。星々にかこまれ、緑、青、白、茶色にかがやく地球の写真だ。

「わからないこっことが、この世界にはまだ、たくさんあります。ひひ人のように、くっ口や、手をつ、つか、使うのではなく、音声や文字による、こっ言葉ではなく、わかりあう方法など」

マギーはほほえんで、スクリーンを指さした。

「こっこれは千きっ九百七十二年、ワイルドオークのもっ森がなくなってから十年たたずして、アポロ十七号の乗くっくっ……乗員が撮ったち、ちち、地球の写真です」

マギーは聴衆のほうをむいた。そして、速度を落として話しはじめた。

「うう美しく、複雑な世界。わたしたちにはこれしかなく、ま、まま、守っていくには、一人一人が自……分にで、でで、できる、ちち小さなことをするしかない……と祖父が教えてくれました。すすべては、わたしたちのこっ行動にか、かかっています。わたしたちのこっ声には意味があります。わたしたちは自……分のこっ声をつ、つか、使わないといけないのです」

会場にいる人たちが拍手をはじめる。拍手の音はどんどん大きくなった。一人、そしてまた一人、席を立ち、たくさんの人たちが立ちあがって拍手を送った。マギーは舞台の上でおじぎをした。言いたかったことはすべて、言うことができた。やるべきことはまだ、とてもたくさんある。きっと簡単にはいかないだろうが、望みは持っている。自分の言葉には力があると、マギーは知っていた。

作者あとがき

木と森

　数年まえ、わたしは、ブリティッシュコロンビア大学の森林生態学者であるスザンヌ・シマード氏について知り、その後ペーター・ヴォールレーベン氏が書いた『樹木たちの知られざる生活』を読む機会にめぐまれました。そして、木々は根や菌類を介して「話す」こと、地中にめぐらされた繊細なネットワークは、人間界のつながりに似ていることを学びました。イギリスの田舎をはだしで走りまわりながら育ったわたしは、その事実に心をつかまれ、喜びを感じたのです。

　人間が気候変動の問題とむきあい、世界にのこされた、かけがえのない自然生息地を守っていこうとするのであれば、環境保全と森林再生が非常に重要であるというのは、これまで実証されており、広く理解されてきたことです。わたしたちはみな、つながっています。わたしたちの日々のおこないが世界に大きな影響を与えうるのだと、ジェーン・グドール氏もしばしば語っています。一人ひとりの選択はどれほどささやかに見えても、けしてそうではなく、意味あるものです。たくさんの人たちがそれぞれ少しずつ変化を起こせば、きっと大きなことを成しとげられるでしょう。

この本を読んだみなさんが、自分もなにかしたいと思ったら、〈ジェーン・グドール インスティテュート〉のウェブサイトをのぞいてみてください。子どもや若者を対象としたプログラム「ルーツ＆シューツ」のページには、あなたが地域の中で声をあげ行動するうえで、役にたちそうなヒントや取組みの例がのっています。このサイトでは、よりよい世界をつくろうとする若者を応援したい大人や教育関係者も、有益な情報を得られるはずです。

ジェーン・グドール インスティテュート・ジャパン　https://www.jgi-japan.info

森林再生にかんしては以下のような団体をはじめ、さまざまな国の人たちが精力的に活動しています。

コンサベーション・インターナショナル・ジャパン　https://www.conservation.org/japan

One Tree Planted　https://onetreeplanted.org

The Nature Conservancy　https://www.nature.org/en-us/

Eden: People+Planet　https://www.eden-plus.org

Andes Amazon Fund　https://www.andesamazonfund.org

ペットとして売られた大型ネコ科動物

ロンドンにある有名なデパート〈ハロッズ〉には昔、〈ペット・キングダム〉という店があり、赤ちゃんゾウから、ジャガーやヒョウやワニにいたるまで、めずらしい動物をいろいろ売っていました。数年まえにわたしは、ペット・キングダムで一九六九年、二人の若いバックパッカーがライオンの子を買ったという記事を見つけました。二人はライオンにクリスチャンと名づけ、ロンドンで飼いはじめるのですが、すぐに手に負えない状況になっていきます。長いあいだ奮闘したすえ、二人はクリスチャンをケニアに連れていきます。クリスチャンはそこで、ジョージ・アダムソンという自然保護活動家の手により、野生に帰るための訓練を受けることができました。残念ながら、当時売られた大型ネコ科動物の多くは、そうした道をたどっていません。イギリスでは一九七六年に制定された法律によって、絶滅危惧種の輸出入が禁じられました。ペット・キングダムでも犬や猫やウサギなどを売るようになり、やがて二〇一四年に閉店しました。

わたしがそんなふうにしてクリスチャンについて調べたり考えたりしていたとき、ニューヨーク市のラジオ番組のイベントに参加する機会を友人がつくってくれました。それは動物学者であり、自然保護活動家でもあるアラン・ラビノヴィッツ博士の公開収録で、博士は自身の子ども時代の話をしました。吃音があり、人と話すときは言葉につかえるのに、動物の前ではなめらかに話せたこと。愛するペットのそばで感じる安心感。ニューヨークのブロンクス動物園で、がらんとした檻にとじこめられたジャガーを見た瞬間、みずから声をあげられない動物たちのために、いつかかならず話そうと決め、そのとおりにしたのだと、博士は語りました。ラビノヴィッツ博士は、野生動物保護協会で指導的な役割を果たし、二〇〇六年に野生のネコ科動物の保護団体である〈パンテラ〉を共同で設立しました。二〇一八年に博士は亡くなりましたが、遺志は受け継がれ、非常に大切な活動がいまも世界じゅうで、熱意を持ってつづけられています。

パンテラは、野生のネコ科動物と生息地を守るために活動しており、種を絶滅から救ううえで重要な任を負っています。〈ユキヒョウ保護基金〉は、生息地と連携しながら保護活動をおこないつつ、ユキヒョウという美しい生きものへの理解を深めることを目的とする団体です。〈世界自然保護基金（WWF）〉には、絶滅のおそれのある野生動物を、個人スポンサーとして支援するプログラムがあり、ユキヒョウにかんするプロジェクトに寄付することもできます。

Panthera　https://panthera.org
Snow Leopard Trust　https://snowleopard.org
WWFジャパン　https://www.wwf.or.jp

吃音について

「吃音」は、話すときに言葉がスムーズに出てこない状態で、自分ではなかなかコントロールすることができません。原因は脳の発話処理にあって、知能や心の問題との関連はないといわれています。どこでどんなふうにつかえるのか、かならずしも予測がつかず、個人差があります。また、吃音の状態は日によって変わり、調子の悪い日もあれば、なめらかに話せる日もあります。吃音はなぜ、どのようにして起きるのか、長年、研究がつづけられているものの、まだ、はっきりとはわかっていません。誤解にもとづくあやまったイメージがつくられてきたところもあるのですが、吃音はけして、不安から言葉が出てこないといったような、精神状態によるものではないのです。親しい人にかこまれてリラックスしているときに、吃音がひどくなる人もいますし、そうでない人もいます。話す相手に関係なく、言葉につかえる人もいます。

吃音の人によく見られるのは、特定の音をくりかえす、語の一部をのばして発音する、言葉を発するのにつまる、といった話し方です。マギーのように、人と話すのに苦労しても、動物が相手だとよどみなく話せる人や、歌っているときには言葉がすらすら出てくる人もいて、吃音の人はみんなこうだ、と言えるわけではありません。

人はそれぞれ自分の声を持っていて、そのひびき方はさまざまです。そして、まわりがきちんと耳をかたむければ、吃音のある人たちも十二分に思いを伝えられるのだと知るのは、とても大切なことです。吃音のある人にこれから出会ったら、どうか、じっと耳をかたむけて話を聞いてください。

幸い、マギーが子ども時代を送った一九六〇年代とくらべると、吃音(きつおん)への理解はずっと進んでいます。いまではさまざまな団体が、吃音のある若い人たちを支援(しえん)し、勇気づけ、将来の機会をひろげるべく、真摯(しんし)かつ精力的に活動しています。

どんなときもあなたは一人ではなく、あなたの声を聞きたい人がいることを、いつもおぼえていてくださいね。

この本を世に出すうえでお世話になった方々に、心からの感謝をこめて——

C・C・ハリントン

＊訳者による補足

日本では、全国に支部を持つ〈言友会〉(https://www.zengenren.org)などのサポートグループがあるほか、吃音のある若者が接客し、おとずれた人たちが吃音についての理解を深める〈注文に時間がかかるカフェ〉(https://peraichi.com/landing_pages/view/kitsuoncafe/)などの活動もひろまっています。吃音のことをもっと知りたい人は、『きみの体は何者か——なぜ思い通りにならないのか？』(伊藤亜紗、ちくまQブックス、2021年)を読んでみましょう。

訳者あとがき

この物語は、作者あとがきにもあるとおり、ロンドンのデパートで猛獣が売られていたことや、動物行動学者であり自然保護活動家でもあるジェーン・グドールの仕事、アラン・ラビノヴィッツの子ども時代のエピソードなど、現実のできごとから着想を得たフィクションです。作者のC・C・ハリントンはまた、カナダの森林生態学者スザンヌ・シマードや、ドイツの森林管理官ペーター・ヴォールレーベンの本の影響も受けているのですが、それについては、ここで少し説明しましょう。シマードとヴォールレーベンが共通して語っているのは、森の木々が根の先の菌糸に助けてもらいながら、仲間同士で栄養をゆずりあったり、危険を知らせあったりしているということです。地中に網の目のようにめぐらされた菌類のネットワーク、そこでかわされる木々のコミュニケーション、森でいとなまれている生態系の不思議について知ったときには、多くの人がおどろき、二人の本はどちらも世界的なベストセラーになりました。人だけが言葉を持つのではなく、植物も動物もそれぞれのやり方でコミュニケーションをとっているという気づきは、わたしたちの世界の見方を大きく変えるのでしょう。『森のユキヒョウ』でも、主人公のマギーがオークの木にふれたときに力をもらい、心が解放されていく姿が描かれています。

傷ついた顔を看護師に見せまいとするマギーは、自尊心の高い少女です。小さな生きものを大切にし、フレッドの暮らしぶりから、その心情をおもんぱかるような心豊かな子でもあります。しかし、吃音があって、なめらかに話せないので、周囲の人びとの多くは、マギーの内面の豊かさに思い至りません。この世界に居場所を見いだせず、無力感の中にたたずむマギーの心の内が、切々と伝わってきます。やがてコーンウォールの森でランパスに出会ったマギーは、ランパスと森を守るため、声をあげます。自分のことでは勇気が持てなくても、だれかのためになにかしたいという思いが、どれほど大きな力になるのか。わたしはそれに心うごかされ、この物語を日本に紹介したいと強く思いました。

この本の原書は、刊行時から高い評価を受けました。「読者を引きこみ、心にせまる文章が、物語に命を吹きこんでいる」(Publishers Weekly)、「倫理的な感性と感情の両方に、同じ強さで働きかけてくる』(Kirkus Reviews)、「重度の吃音のある主人公は、よく考えられたうえで描かれており、リアリティがある」(認定言語聴覚士ナンシー・タンドン)、「吃音は克服すべきものではなく、マギーの中の大切な一部として描かれている」「吃音はずっと残っても、それで自分という人間が決まるわけではなく、未来がしばられるわけでもない。マギーのような登場人物がもっと描かれてほしい」(SAY: The Stuttering Association for the Young(吃音のある若者の支援団体)創設者タロー・アレグザンダー)、「コミュニケーションのさまざまなあり方というテーマが、マギーとランパスと森の物語をつないでいる」(The Horn Book)などと評され、障がいのある体験を芸術的に表した児童書に贈られるシュナイダー・ファミリーブック賞（主催：米国図書館協会）も受賞しています。

吃音がなくても、思いをうまく言葉にできなかったり、また、それで誤解を招いてしまったりした経験は、だれしもあるのではないでしょうか。翻訳をしているとき、わたしは登場人物の声を借り、それまで言語化できなかった思いや、勇気が出せず言えなかったことを、言葉にのせているように感じる瞬間があります。

生きていくのは大変なことだと、オークの木はマギーに語りかけ、その言葉をマギーはたびたび思いだします。子ども時代を生きぬくのは、ほんとうに大変なことなのでしょう。しかし、フレッドはマギーに、この世界はみんなのための場所だと言っていました。ここは、だれもがありのままでいられるところでなければならないと。わたしたちの世界がそうした場所として存在すること、そこに生きる子どもたちが、自分の声には力があると心から感じられることを願ってやみません。

吃音の表記や描写については、東京科学大学リベラルアーツ研究教育院教授の伊藤亜紗先生からご教示を賜りました。美学・現代アートを専門とする伊藤先生はご自身にも吃音があり、身体論の観点から、吃音のある人の研究などもされています。伊藤先生に厚く御礼申しあげます。

二〇二五年二月

中野怜奈

訳者　中野怜奈

津田塾大学大学院修士課程修了。学校司書として勤務しながら、ミュンヘン国際児童図書館の日本部門を担当。国立国会図書館国際子ども図書館非常勤調査員。JBBY理事。訳書に『さよなら、スパイダーマン』(偕成社)、『おひめさまになったワニ』(福音館書店)、『心をひらいて、音をかんじて――耳のきこえない打楽器奏者エヴェリン・グレニー』(光村教育図書)、『糸をつむいで世界をつないで』(ほるぷ出版)、『迷い沼の娘たち』(静山社)などがある。

森のユキヒョウ　　C.C. ハリントン作

2025年4月16日　第1刷発行

訳　者　中野怜奈（なかのれいな）

発行者　坂本政謙

発行所　株式会社 岩波書店
〒101-8002 東京都千代田区一ツ橋2-5-5
電話案内 03-5210-4000
https://www.iwanami.co.jp/

印刷製本・法令印刷

ISBN 978-4-00-116431-2　Printed in Japan
NDC 933　318 p.　19 cm